Une épopée monumentale

Laetitia Watrelos

Une épopée monumentale

© 2022 Laetitia WATRELOS

Édition : BoD – Books on Demand, info@bod.fr
Impression : BoD – Books on Demand,
In de Tarpen 42, Norderstedt (Allemagne)
Impression à la demande

Illustration : Nelly DAMAS

ISBN : 978-2-3224-3812-9
Dépôt légal : juin 2022

L'art naît de contraintes, vit de luttes et meurt de libertés.

André Gide, *Nouveaux Prétextes,* 1911

- Passe-moi la clef de douze.
- …
- Merci. Encore le pied nord et nous y serons.
- Parfait. J'appelle les hélicoptères, va falloir faire vite. Dans quatre heures, il fera jour. Le trajet est long.
- Tu as vérifié la résistance des câbles hélitreuilleurs ?
- J'ai tout vérifié, absolument tout, comme d'habitude ! Je vérifie toujours tout ! Tu devrais le savoir, pourtant, ça fait quelques mois qu'on bosse ensemble !
- Je sais, je sais, t'énerve-pas. Je ne voulais pas te vexer. C'est juste que… c'est un sacré coup, quand même… Pour être tout à fait franc, quand on a lancé l'opération, je ne pensais pas qu'on arriverait jusqu'à cette étape. Enfin, ce que je veux dire, c'est que je pensais quand même qu'on se serait fait arrêter un peu plus tôt.
- Tant que chacun tient sa place, personne ne se fera arrêter.
- En tout cas, ce sera un miracle si on n'attrape pas tous une pneumonie sous cette douche.
- C'est plus discret de travailler sous la pluie. Surtout pour le déplacement.
- Discret, j'dis pas, mais question confort… Je suis trempée ! Ça y est, le dernier boulon est ôté. Dis aux autres qu'ils peuvent y aller si les câbles sont bien attachés.

1.

Aillon-le-Neuf. Cinq heures trente du matin. En ce seize octobre, Lucien sortait ses chèvres, comme tous les matins du mois de mars au mois de novembre. La brume automnale de ce lendemain de pluie, la plus tenace de toutes les brumes, opaque, épaisse et, surtout, glacée, tarderait à se dissiper. Mais il en faut plus pour décourager un montagnard. Armé de son bonnet doublé d'une écharpe plus ou moins assortie (la couleur originelle avait disparu depuis longtemps), Lucien quitta la chaleur de son foyer pour rassembler ses bêtes. Connaissant bien les Bauges[1], et donc leurs dangers, il opta pour une vallée tranquille, sans ravins abrupts qui, dissimulés par le brouillard, pourraient avaler quelques-unes de ses compagnes cornues. Le trajet serait tranquille et le chemin agréable, quoiqu'un peu long peut-être.

Yvoire, son fidèle compagnon, se chargeait de ramener au troupeau toute brebis égarée, menaçant les plus lentes, sans jamais mordre. Lui et Lucien faisaient équipe depuis six ans déjà et, même s'il ne remplaçait pas Tach', son prédécesseur, qui lui-même n'avait pas remplacé Paco, son propre prédécesseur, et ainsi de suite sur cinq générations de chiens de berger (on s'attache vite à ces bêtes-là lorsqu'elles nous accompagnent du matin au soir et du soir au matin), Yvoire avait su, à son

---

[1] Montagnes alpines relativement épargnées par l'Homme et nichées en Savoie

tour, créer sa propre place dans l'affection de son maître et nul ne le remplacerait.

Chemin faisant, la luminosité augmentait petit à petit, sans pour autant dissiper l'écrasante brume décrite précédemment. La vallée n'était plus qu'à quelques mètres, juste après une énième bifurcation du sentier emprunté. Empressé, Yvoire, qui avait deviné la destination et savait qu'un petit cours d'eau l'attendait en son creux, s'élança vers cette promesse désaltérante.

Pourtant, à peine eut-il dépassé le dernier virage qui ouvrait sur le val qu'il s'arrêta tout net, aboya, et revint vers son maitre à une allure qu'on ne lui aurait jamais attribuée au vu de ses courtes pattes. Le quémandant des yeux d'accélérer la marche, il détala à nouveau jusqu'à franchir la courbe du sentier, comme s'il devait vérifier que l'objet de sa stupéfaction se tenait toujours là, avant d'accourir encore pour presser Lucien du museau. Ce manège frénétique dura tout le temps nécessaire à Lucien pour atteindre le bout du chemin débouchant sur la vallée. Avec une vague curiosité (à son âge, on a presque tout vu, ce qui n'était pas le cas du chien), le maître parcourut les derniers mètres en allongeant légèrement sa foulée. Puis s'arrêta tout net.

Enveloppé dans les nappes du brouillard qui refusaient de mourir, quelque chose de grand, d'immense, de gigantesque, se dressait. Pas aussi haut que la dent du Chat[2], évidemment, mais quand même ! Cette impression de démesure provenait principalement du fait que, du peu qu'il distinguait de cette chose grise

---

[2] Sommité rocailleuse proche culminant à 1390 mètres

au milieu de la grisaille, Lucien était absolument certain qu'il s'agissait d'une construction humaine. Et, toute défaillante que puisse éventuellement être sa mémoire alimentée plus souvent par l'apremont[3] que par la lecture des grands classiques de la littérature, il était rigoureusement certain que « ça » n'était pas là hier, ni avant-hier, ni aucun des jours d'avant.

Il cligna des yeux à plusieurs reprises pour confirmer sa vision qu'il envisageait être une de ces hallucinations comme on en attrape parfois dans les grandes étendues enneigées. Mais « ça » ne disparaissait pas.

Lucien hésitait sur la conduite à tenir : devait-il s'approcher, voire, même, aller toucher cette structure monumentale ? Ou, au contraire, valait-il mieux s'en éloigner au plus vite ? En tout état de cause, il fallait prévenir les autres. Ce qui, opportunément, signifiait retourner au village et, donc, remettre un peu de distance entre la chose inconnue et sa personne. D'un naturel peu téméraire, Lucien se convainquit rapidement de la nécessité de rentrer. Il siffla son chien, rassembla ses bêtes et reprit le chemin en sens inverse.

A sept heures tapantes, essoufflé par le rythme endiablé que son ébahissement avait imposé à la promenade du retour, trajet qui ne dura pas la moitié du temps de l'aller, après avoir enfermé ses chèvres et son chien dans la bergerie, Lucien s'engouffra dans le Populaire, le troquet du village, où il était sûr de trouver une oreille bienveillante à laquelle conter son aventure.

---

[3] Vin local qui n'a d'âpre pas que le nom.

Précisément, Jean se tenait là, un godet de génépi[4] en train de se frayer un chemin à travers son gosier ; l'autre, plein, posé devant lui sur le comptoir. Ni une, ni deux, Lucien s'empara du second qu'il descendit d'un trait.

- Et ben dis donc toi, c'est pas ton heure ni ton mélange ! Pis t'y[5] es blanc comme un linge que s'il se mettait à neiger, on t'y verrait plus. C'qu'est pas une raison pour pas y payer ton verre, vu que tu viens d'y faire un sort au mien.
- Patron, mets-y nous donc la même chose. Pis laisse-z-y la bouteille.
- Et ben, c'est une sacrée nouvelle que t'as dû y encaisser pour te mettre dans un état pareil, dis donc, le Lucien. Ta fille épouserait un monchu[6] de parigot que t'y ferais pas une autre tête ! Fais-y partager les copains, qu'on rigole un peu !
- C'est pas rigolo, le Jean, c'est bizarre. Faut que t'y viennes avec moi dans la vallée du Trélochaz. J'peux pas t'y expliquer, faut que j'te montre.

---

[4] Liqueur dont la consommation est particulièrement répandue dans les Alpes

[5] Que le lecteur se rassure, chaque fois que le dialecte autochtone sera trop difficile à comprendre, l'auteure se chargera de traduire les dires des personnages en français afin que chacun puisse suivre l'intrigue et les dialogues, quel que soit son niveau en langues étrangères. Les nombreux « y » ajoutés à tout bout de champ par les savoyards n'ont cependant aucune signification particulière et seront conservés pour permettre une parfaite immersion dans l'histoire.

[6] Dénomination aussi péjorative qu'elle en a l'air utilisée par les savoyards pour désigner quiconque n'étant pas des leurs

- C'est qu'elle est à une heure de marche, ta vallée, mon Lucien. Et moi, la marche, j'y ai arrêté depuis longtemps. Le docteur y dit que c'est mauvais pour ma santé.
- Mais non, pauvre gouape[7], rugit une voix caverneuse mais néanmoins féminine du fin fond du bar, t'y as encore rien compris ! C'est la marche qu'est bon et le génépi qu'il faut y arrêter, qu'il a dit le docteur.

C'était la voix de Marie, l'épouse de Jean, pour le meilleur et pour le pire, « même si le meilleur, on y attend encore au bout de trente ans de mariage » aux dires de l'intéressée.

Attablée au coin du feu, elle faisait face à son verre de blanc depuis trente bonnes minutes, les yeux perdus dans le vague. Depuis leurs noces, elle suivait tous les jours son mari au Populaire pour s'assurer que celui-ci ne boive pas tout l'argent du ménage. Pourtant, sa propre tendance à l'alcoolisme - les chiens n'épousent pas des chats - rendait cette démarche totalement contre-productive.

- Toi, la Marie, le jour où l'bon Dieu a décidé de t'y donner une langue, il aurait mieux fait de s'abstenir ! gronda ledit mari.
- C'est parjure, ça, de commander à la place du Seigneur, murmura Lucien.
- T'inquiète donc pas Lucien, de là où il est, il nous y voit pas, le rassura Jean. Et si vraiment il y voit partout comme que dit l'curé, dis-toi qu'y a pas de

---

[7] Sobriquet local désignant le pilier de bar

filles assez jolies dans l'coin pour qu'il y regarde par ici.
- Gnaniou[8], va ! Bon sang, le jour où je t'ai épousé, j'y aurais mieux fait d'me casser une jambe, pesta la prénommée Marie.
- Va, Lucien, l'écoute pas. Elle jure comme un charretier, mais elle a ses avantages. Elle tombe jamais malade. Même les microbes la supportent pas ! Allez, montre-z-y moi donc ce qui te tourmente.

Lucien attrapa la bouteille entamée qu'il fourra sans ménagement dans sa besace et ils sortirent en essuyant un dernier juron de l'épouse délaissée. Ayant abandonné les chèvres au hameau pour économiser un peu de temps, ils atteignirent la vallée aux alentours de huit heures. Le brouillard se dissipait peu à peu et les premiers rayons du soleil, dépassant enfin les cimes avoisinantes, faisaient maintenant briller la construction intruse, donnant un aspect encore plus étrange à l'ensemble de la structure.

En silence - le tableau se passait de commentaires et il n'était pas nécessaire de parler pour comprendre que Jean n'en savait pas plus que Lucien sur la nature de la chose - les deux compères enquillèrent à tour de rôle une gorgée de génépi si longue que la bouteille fut vide. Jean s'assit sur un rocher, accablé, pour contempler l'étrangéité qui défigurait leur vallée.

---

[8] Simple d'esprit peu dégourdi

Après un long moment, il se releva et, répondant enfin à l'attente anxieuse bien que muette de son camarade, trancha sur la marche à suivre :

- Faut y prévenir le maire, pis aussi l'Amédée, c'est lui qu'a le plus grand savoir sur les choses qu'on y voit pas par ici.
- On va d'abord y toucher pour voir en quoi que c'est fait ?
- Oh là, malheureux, pas sûr que ça y soit une bonne idée ! C'est peut-être même dangereux. D'ailleurs, ça m'étonnerait pas que ça y soit un coup de l'armée. Tiens, j'y ai lu pas plus tard qu'hier dans l'Dauphiné[9] qu'on s'entraîne pour rester dans la grande coalition parce que c'est important d'être toujours prêt à cause de tous les terroristes...
- Qué qu'c'est qu'ça, la grande coalition ? coupa Lucien.
- C'est une sorte d'alliance contre les forces du mal. J'en sais pas trop plus, mais c'que j'y sais, c'est que si y a la guerre, il en sortirait rien de bon pour nous : on a les italiens avec nous.
- Et alors ?
- Et ben, l'expérience prouve que celui qui commence une guerre avec les italiens la perd ! En tout cas, reprit Jean le regard dans le vague, ça m'étonnerait pas que cette chose, ça soit une arme pour l'entraînement de la coalition.

---

[9] Le Dauphiné libéré, feuille de chou locale

- Mais pourquoi qu'y mettraient ça ici ? Y a pas d'terroristes dans les Bauges.
- Ah ben si, moi, y a ma femme qui m'terrorise !

Hilarité des deux compères alcoolisés qui en oublieraient presque leurs inquiétudes. Néanmoins, une fois son souffle repris, opération qui dura plusieurs minutes, Lucien poursuivit :

- Mais quand même, c'est bizarre qu'ils y viennent ici. C'est pas connu, ici.
- Ben, comme le dit monsieur le maire, on est tellement coupé du monde que quand ça les y arrange, là, les autres guignols de Paris. Parce que quand il s'agit d'y venir chercher les impôts, c'est plus les mêmes problèmes que quand il s'agit d'y venir pour refaire la route où qu'était tombé un rocher trois ans plus tôt. Alors crois-moi que si c'est pour tester une nouvelle arme dangereuse, ils y trouveront le chemin.
- T'as bien raison, le Jean, on y touche pas.
- D'autant qu'ils y ont bien pensé, hein, parce qu'une fois qu'on y sera tous morts, avant que quelqu'un passe par ici pour s'en rendre compte, ils auront eu le temps d'y détruire toutes les preuves.
- Ah, t'as bien raison. Allons-y vite prévenir le maire !
- Et l'Amédée !

De retour au village, les deux compères se répartirent les tâches : Lucien préviendrait le maire tandis que Jean informerait Amédée qui était un de ses cousins éloignés.

Le premier se dirigea donc vers un grand chalet situé au centre du bourg sur lequel était inscrit, en grandes lettres écaillées qui avaient dues être un jour blanches, « Mairie – Ecole - Poste de Secours - Refuge des Guides ». Repeindre l'inscription avait bien été évoqué lors de plusieurs conseils municipaux, mais il s'était toujours trouvé une voix pour s'élever contre ce projet, arguant les économies réalisables en attendant encore un peu pour le faire. Economies certes dérisoires mais, en Savoie plus qu'ailleurs, un sou est un sou.

Lucien, ahanant, ouvrit la porte sans même prendre la peine de toquer, ce qui n'était pas dans son habitude, surtout pour pénétrer dans un haut lieu de démocratie comme celui-ci. Mais certaines émotions justifient parfois des entorses aux usages et personne ne lui tint rigueur de son comportement déplacé après avoir constaté le teint cramoisi inhabituel de son visage, couleur qui ne devait pas tout à l'alcool et à l'effort suscité par la marche au pas de course qu'il venait d'effectuer. En effet, depuis que Jean lui avait démontré, brillamment, la pertinence de ses propos militaristes, Lucien avait troqué son effarement contre un effroi légitime mêlé à l'indignation d'être injustement sacrifié pour et par la France (une fois de plus).

- Monsieur le Maire, faut y interrompre tout ce que vous faites sur le champ pour venir y voir. Y a la

France qui veut tous nous tuer avec une nouvelle arme ! C'est dans la vallée !
- Allons, Lucien, calme-toi... N'aurais-tu pas un peu forcé sur le génépi ? Ce que tu dis n'a pas de sens.
- Monsieur le Maire, sauf votre respect, vous aussi vous auriez forcé sur le génépi si vous y aviez vu que ce j'ai vu.
- Allons voir, alors.

De son côté, Jean sonna chez Amédée, sommité du village depuis que sa petite-fille lui avait offert, au dernier Noël, une télévision écran géant dotée d'une solide réception lui permettant de capter plusieurs chaînes (les quelques habitants les plus nantis devaient se contenter de TV8 Mont Blanc, ce qui leur suffisait d'ailleurs amplement)[10]. Depuis, Amédée savait tout sur tout, surtout sur ce qui se passait en dehors des frontières de la Savoie. Ce fait lui conférait une certaine réputation de sagesse auprès de ses concitoyens et Amédée était devenu l'homme le plus cultivé de son patelin.

Tirant une certaine fierté de ces louanges, Amédée envisageait même aujourd'hui de demander à sa petite-fille de lui installer « l'internet ». Cette dernière lui avait expliqué que « l'internet » fonctionnait un peu comme avec la télévision, sauf qu'au lieu de devoir regarder ce

---

[10] Il convient de préciser, pour la pleine information du lecteur, qu'Aillon-le-Neuf est un hameau réunissant une vingtaine de maisons qui a miraculeusement échappé à toute forme de mondialisation ou de progrès en raison de son isolement géographique et, surtout, de la farouche volonté de ses habitants de ne pas se mélanger aux autres.

qui passe en ne choisissant qu'entre quelques programmes, il est possible de demander à « l'internet » les informations que l'on souhaite obtenir. En somme, Amédée deviendrait le décideur ultime au lieu d'être un simple spectateur. Or, Amédée n'était pas un homme à laisser un tiers guider son destin. Mais revenons à nos moutons.

Amédée ouvrit sa porte à Jean :

- Ah, mon cousin, quelle bonne surprise ! Entre donc. Qu'est-ce que tu veux boire ?
- Non, l'Amédée, j'y ai pas le temps. Il faut que je te montre quelque chose d'étrange. C'est dans la vallée. Avec le Lucien, on a pensé que, peut-être, tu y as entendu parler dans ton téléviseur.
- Sûrement, j'y entends parler de tout, avec ma télévision, répondit le téléspectateur, non sans fierté. Mais de quoi qu'il s'agit ?
- C'est une construction, quelque chose de grand. Faut que tu viennes y voir. Ça ne ressemble à rien de connu.

Amédée s'habilla prestement et suivit son cousin sur la grande rue, qui était d'ailleurs la seule rue du village. De leur côté, le maire et Lucien les rejoignaient à grand pas. Alertés par tout ce va et vient inhabituel, les rideaux des maisons s'entrouvraient sur leur passage et, déjà, les quelques habitants du hameau quittaient leurs foyers, abandonnant soupe et marmots, pour venir aux nouvelles.

C'est qu'il ne se passait pas souvent grand-chose, au village, alors la moindre animation devenait prétexte à aller boire un verre au café. Le bouche à oreille faisant des merveilles, Lucien, le maire, Jean et Amédée n'avaient pas atteint la sortie du village que tout le monde était vêtu chaudement, vieillards et enfants compris, pour suivre le groupe jusqu'à cette fameuse chose indescriptible qui alimentait déjà la curiosité de tout un chacun. Et justement, tout un chacun y allait déjà de sa théorie, avant même de l'avoir vue.

- Ça ne m'étonnerait pas que ce soit les extraterrestres, pronostiquait une trentenaire trop heureuse d'échapper un instant à ses fourneaux. Il paraît qu'on y a vu une soucoupe volante tourner autour de la Tournette[11] il y a quelques années. Ils ont dû oublier quelque chose et sont revenus le chercher.
- Et pourquoi qu'ils seraient revenus dans la vallée du Trélochaz au lieu d'aller directement se poser sur la Tournette ? contrecarrait un maçon aux doigts couverts de ciment.
- Ah, ça, j'y avais pas pensé, reconnut la trentenaire.

La marche fut longue. Il fallait traîner les plus jeunes, soutenir les plus vieux et il n'était pas question d'abandonner quelqu'un le long de la route. Les petits villages ont ceci de chaleureux que, peu importe les médisances quotidiennes, on y fait preuve d'une

---

[11] Noble montagne surplombant le lac d'Annecy, visible du haut des Bauges par jour de beau temps

solidarité constante bien impossible à transposer dans l'anonymat des grandes villes.

Il était près de onze heures lorsque le hameau tout entier se massa à l'entrée de la vallée. Il n'y avait plus l'ombre d'une trace de brume et, au beau milieu du lieu si familier, jurant horriblement avec le vert des prés et les couleurs automnales des arbres, un mastodonte métallique se dressait comme une injure à la nature avoisinante.

A présent que le brouillard s'était levé, il devenait possible d'observer dans le détail l'objet de toutes les perplexités. La chose était grande. « Ça va y chercher au moins dans les trois cents mètres » estimait l'un des guides de haute montagne habitué à évaluer les distances verticales. Quatre pieds se rassemblaient à sa base pour former une sorte de flèche pointant vers le ciel. Un escalier grimpait le long d'un pied, permettant d'accéder à trois étages, le dernier étant au sommet, dans ce qui s'apparentait à un observatoire météorologique, « un peu comme celui de l'aiguille du Midi ».

En tête du cortège, le maire et Amédée, dont tout le monde attendait des explications, étaient de plus en plus confus. Plissant les yeux dans un effort de concentration intensif, le second finit par lâcher :

- J'y ai déjà vu, ça, à la télévision. Ça doit être quelque chose d'important, parce que ça vient de la capitale. Ça vient de Paris !

Toutes les bouches reprirent dans un seul murmure :

- Paris ?
- Paris...

- Paris !

L'évocation de la capitale suscitait des réactions des plus diverses parmi les villageois. Les plus vieux frôlaient l'apoplexie, les entre-deux-âges s'encoléraient et les plus jeunes témoignaient une curiosité teintée d'envie dont ne peuvent faire preuve que ceux qui n'y ont jamais mis les pieds. Non pas que les autres soient des habitués des rues parisiennes, mais ils n'en manifestaient pas l'ombre d'un désir, ayant entendu trop d'atrocités sur ce fameux métro qui avale toujours plus de voyageurs qu'il n'en recrache, sur ces rues étroites où circule un flot ininterrompu de voitures, peu importe l'heure du jour ou de la nuit, sur ces trottoirs crottés couverts de crachats et sur ces magasins hors de prix.

Et puis, pour les plus vieux, Paris ne rappelait qu'un prétexte belliqueux : l'enrôlement dans l'armée française au prétexte que l'allemand marchait sur Paris. Combien de français se seraient enrôlés s'il avait fallu reprendre Bellecombe-en-Bauges[12] à l'ennemi ? Il n'y a qu'à voir l'histoire alsacienne pour deviner la réponse : devenus allemands en 1870, il fallut plus de quarante ans pour que la France décide finalement de leur venir en aide. Mais quand c'est Paris...

En tout cas, quelle que soit l'émotion provoquée, les commentaires allaient bon train et le maire n'eut d'autre choix que d'intervenir pour calmer la foule, bousculée dans son quotidien ancestral :

---

[12] Bourgade savoyarde dont les habitantes peuvent s'enorgueillir du délicat gentilé de « bellecombaises ». A prononcer à haute voix.

- Mes amis, nous avons identifié l'origine de cette... flèche. Mais à quoi cela peut-il bien servir ?
- Ça, Monsieur le Maire, je ne sais pas, répondit Amédée. Je ne sais plus. Tout ce que je me souviens, c'est de l'y avoir vu au défilé du quatorze juillet. Mais ça doit pas y être bien dangereux, ajouta Amédée à l'adresse de Lucien dont le visage avait perdu toute couleur à l'évocation de Paris car la mention de la capitale confirmait ses pires terreurs, quand je l'y ai vu, sur la télévision, il y avait plein de gens autours et ils avaient pas de casque.
- En tout cas, c'est pas bien beau, hein, Monsieur le Maire, constata Jean. Moi, ce que j'y pense, c'est que c'est un coup de ces monchus[13] de parisiens qui sont jaloux comme pas permis. Non contents de vivre dans un endroit laid comme le cul d'une vache, ils ont décidé de l'imposer à tout le monde ! Et voilà qu'ils nous y ont collé une de leurs saletés polluantes dans notre belle vallée.
- C'est mauvais présage, ajouta son épouse, Marie, déjà présentée plus tôt.
- Mes amis, coupa le maire, gardons la raison. Je vais de ce pas convoquer un conseil municipal. Nous aviserons de ce qu'il faut faire de cette… heu… sorte

---

[13] La définition a déjà été donnée précédemment… en voici une complémentaire : terme péjoratif utilisé initialement pour désigner les touristes parisiens puis, par extension, toute personne foulant de manière temporaire ou permanente le sol d'un village savoyard sans disposer d'une douzaine de générations enterrées au cimetière communal.

de... disons, de sculpture moderne. Pendant ce temps, nos jeunes gens les plus courageux, équipés en conséquence, l'escaladeront pour voir, heu, tout ce qu'il peut y avoir à voir là-dedans.

Le conseil municipal réunissait l'ensemble des adultes du village dans la plus grande salle de la mairie - école - poste de secours - refuge des guides, conformément à son règlement intérieur très particulier. Ce n'est qu'à cette condition que le bourg acceptait d'élire un maire : que chacun participe aux décisions. Après tout, il fallait être fou pour confier son destin à quelqu'un, non pas sur un choix précis à faire une fois, mais sur chaque question qui pourrait être soulevée à propos de n'importe quelle thématique et pour six ans. Les individus changent en six ans. Le dispositif imaginé pour pallier ce défaut humain constituait un bel exemple de démocratie directe rendu possible par le petit nombre d'habitants : une quarantaine d'adultes tout au plus.

Le maire ouvrit le conseil aussi solennellement que possible :

- Mes chers concitoyens, nous nous réunissons ce jour pour décider de ce qu'il convient de faire vis à vis de la structure métallique qui se trouve depuis ce matin dans la vallée du Trélochaz. Je suis tout aussi indigné que vous. Il y a là un affront que Paris nous fait. Quand bien même elle ne servirait à rien et ne serait pas dangereuse, et quand bien même elle s'avérerait être utile en quelque chose, nul n'a le droit de défigurer ainsi nos paysages - magnifiques, soit dit en passant - sans avoir la politesse de nous consulter.

- Monsieur le Maire a raison, il faut y détruire ! hurla un nonagénaire à qui l'âge n'avait pas pris la voix.
- Ce n'est pas tout à fait ce que je voulais dire, Bernard. Je pense plutôt à aller à Paris leur demander ce que signifie cette agression optique.
- Mais qui donc ira ? s'enquit le nonagénaire.

Démarra alors le bal des dérobades. Chacun avait une bonne excuse, à commencer par le maire lui-même :

- Je ne peux pas m'y rendre, malheureusement. J'ai les affaires de la commune à administrer...
- Nous non plus, qui surveillerait les enfants... nos maris saouls ? se désolèrent les mères de famille.
- C'est bientôt la saison des sports d'hiver, débitèrent en cœur les guides.
- Moi, je n'ai pas d'enfants, reconnut Amédée, mais avec ma pauvre maman qui est si malade...
- Ta pauvre maman qui est si malade, elle y a passé l'arme à gauche pendant l'été ! lui rétorqua un autre.
- Oui, mais mon deuil… Toi, par contre, tu n'as ni enfants, ni maman morte. Va donc !
- Ah non, je peux pas, j'y ai la jambe où que mes orteils ont gelé y a deux ans qui me fait atrocement souffrir.

Comme souvent dans ce genre d'impasse, c'est l'alcool enorgueillissant les plus couards qui résolut le problème.

Or, en cette fin de matinée, bien que les prétendants soient étonnamment nombreux au regard de l'heure, Jean, Marie et Lucien remportaient largement le titre de l'état d'ébriété le plus avancé du village (Marie avait bu tout le temps de l'absence de son époux pour oublier sa muflerie, comme souvent). Le premier, pris d'une témérité qu'on ne lui connaissait que trop bien dans l'ivresse, s'exclama :

- Les amis, moi, j'y ai pas d'enfants et je crache pas sur un prétexte pour m'éloigner de ma moitié, le temps d'y faire un tour à la capitale et leur y mettre les points sur les i sur la façon dont on traite la province ! Et puis, j'y emmène le Lucien, c'est quand même lui qui y a découvert tout ça.
- Si mon Jean y va, j'y vais aussi ! tonitrua la Marie. Je le connais, faut toujours que j'y garde un œil dessus pour surveiller qu'il y boit pas l'argent du ménage.
- Ça m'y aurait étonné aussi, d'avoir la paix, pour une fois.

Lucien, comprenant qu'on allait lui faire jouer un rôle auquel il ne tenait pas vraiment, s'empressa de s'inquiéter :

- Mais, et mon chien, et mes chèvres ? Qui s'en occupera ? Je ne peux pas les y abandonner comme ça.
- On y gardera le tout, va, t'embête pas, garantirent l'ensemble des membres du conseil municipal d'une seule voix.
- Mais je veux pas y aller, moi, contesta Lucien.
- Va donc, en plus, tenir la bergerie, ça y fera une activité pour les petits. C'est justement la Toussaint et les vacances à la fin de la semaine !

- Mais je veux quand même pas y aller, moi, répéta Lucien.

En vain. Déjà, chacun donnait l'accolade à son voisin pour sceller la décision pendant que le maire dictait des instructions à sa secrétaire pour rédiger une délibération mandatant les trois compères pour représenter la commune en haut lieu à Paris et demander des explications à qui de droit en son nom.

Trop heureux d'éviter le périple, le reste du village se cotisa et, de bas de laine en bouts de chandelle, nos trois compères se virent offrir trois magnifiques billets de train pour se rendre à Paris. Gérard, l'un des guides, s'empressa de les retirer le jour même à la gare la plus proche, quarante kilomètres plus loin, pour s'assurer qu'aucun retour en arrière ne serait possible.

Le lendemain, jour de leur départ, les habitants du hameau et les trois compères se massèrent devant la mairie où les attendait la voiture qui devait conduire ces derniers à la gare d'Aix-les-Bains. Chacun avait un petit cadeau ou une requête pour les aventuriers désignés volontaires :

- Tiens le Lucien, c'est un SX-70, polaroid, modèle 2. Comme ça, quand t'y reviendras, on pourra voir comment qui z-y vivent, dans leurs tours de ciment.
- Et tu m'y prendras une photo du président, hein, pour mon album ? s'enquit une grand-mère secrètement amoureuse de Pompidou qui oubliait régulièrement que l'objet de sa passion n'était plus.
- Prends-y plein de photos des parisiens !
- Et des parisiennes !
- Prenez cette besace. J'y ai mis du saucisson, de la tome, du rouge et du pain pour le voyage et pis un peu d'rab pour là-bas, offrit généreusement le patron du Populaire. Y paraît qu'ils y mangent que de la salade, à Paris. Et encore, des toutes petites salades !

A l'évocation de leur destination, les trois camarades d'infortune pâlirent subitement. Craignant de les voir fuir leur devoir, le maire s'empressa de prononcer son discours d'adieu qui, pour une fois, eu le mérite d'être bref, et lança le départ de la fanfare (bien que le terme soit un peu présomptueux pour désigner la dizaine d'enfants du village qui écorchaient désespérément à la flûte l'hymne savoyard, accompagnant le chant soliste de leur institutrice).

ALLOBROGES VAILLANTS, DANS VOS VERTES CAMPAGNES…

- Bon voyage, leur souhaita le maire après les avoir poussés un peu contre leur gré dans l'habitacle.

… ACCORDEZ-MOI TOUJOURS ASILE ET SÛRETE…

- Bon voyage ! reprit en chœur tout le village.

… CAR J'AIME A RESPIRER L'AIR PUR DE VOS MONTAGNES...

Quelqu'un claqua la portière.

… JE SUIS LA LIBERTE…

Le son de la fanfare s'amenuisait tandis que, déjà, la voiture s'élançait pour descendre à la gare la plus proche.

… LA LI-BER-TE !

Assis tous les trois à l'arrière, à l'étroit sur la banquette (chacun pesait son poids), entre nausée et suffocation, nos trois compères souffraient terriblement.

La veille, à l'issue du conseil municipal, chacun avait insisté pour leur offrir un dernier verre dans l'idée de trinquer à leur voyage. Verre qui n'était d'ailleurs pas sans rappeler le dernier du condamné tant ces instants furent cérémonieux. Or, un verre appelant souvent sa bouteille, nos trois héros n'avaient pu regagner leurs foyers respectifs que bien après la tombée de la nuit. Et, ce matin, leur abominable migraine veillait à leur rappeler leurs excès d'hier. Migraine doublée, pour Lucien, de haut-le-cœur suscités par tout voyage en voiture, particulièrement sur des routes de montagne et spécialement pour des passagers peu habitués à ce mode de transport.

Ils étaient beaucoup moins fiers depuis qu'ils étaient sobres. Si Jean, peut-être, semblait avoir réussi à se convaincre qu'il se sacrifiait pour le bien du village, sa femme le fixait avec un regard témoignant d'une haine hors du commun. Ses yeux hurlaient : « tu es coupable de toute cette mésaventure et tu le regretteras longtemps, bien après que tout ça soit terminé ».

Quant à Lucien, la tête coincée entre ses mains, il était au bord des larmes à l'idée d'abandonner Yvoire et ses chèvres. C'est dans cette ambiance mitigée que les trois voyageurs descendirent de la voiture, récupérèrent leurs valises, besaces et sacs de provisions de dernière minute, saluèrent leur chauffeur et se rangèrent sans un mot le long du quai pour attendre le TER qui devait les emmener jusqu'à Lyon.

INTERLUDE

Dans un avenir proche

- Je savais qu'il pleuvait beaucoup en Bretagne, mais là, quand même, c'est plus une petite bruine, c'est le déluge. J'ai jamais vu une drache[14] pareille !
- Il pleut que sur les cons.
- Pas facile de faire du plâtre sous cette flotte.
- T'inquiète, suffit de tendre la bâche au-dessus pour que ça sèche.
- On va devoir attendre que le plâtre ait pris ?
- Non, on va se casser vite fait dès qu'on aura scellé la devanture sur son nouveau présentoir.

---

[14] Pluie du ch'Nord

2.

- Alors ça, c'est un peu fort quand même !

Dans un bureau aux boiseries impressionnantes, place Beauvau, le ministre de l'intérieur enguirlandait son directeur général de la police nationale bien que Noël soit encore loin. Pour permettre au lecteur de replacer cette discussion dans un contexte temporel, disons que Lucien avait encore quelques jours de tranquillité devant lui avant de décider de mener ses chèvres à la pâture dans la vallée du Trélochaz.

- Qu'on nous vole des panneaux indiquant le nom des rues, je peux le concevoir. Qu'on arrache des décorations aux lampadaires, je ne dis pas que je comprends, mais pourquoi pas. Qu'on dérobe les « Vélib », je saisis bien l'idée... Mais la tour Eiffel ? Quand même ! Au nez et à la barbe de tous nos policiers ! Un soir, on se couche, on regarde par sa fenêtre, tout va bien et le lendemain, paf ! Plus de tour Eiffel ! Dix mille tonnes de fer puddlé qui disparaissent en une seule fois. Il manquerait quelques boulons, je vous enverrais sonder les ferrailleurs pour savoir s'ils ne leur ont pas été apportés par des manouches. Mais là, le travail est trop propre pour les accuser. Alors j'attends vos explications, Sorbier, sinon, je vous envoie patrouiller à Dunkerque, ça vous fera les jambes !

Comment a-t-on pu faire disparaître la tour Eiffel sans que personne ne s'en aperçoive ?
- C'est à dire, Monsieur le Ministre, qu'il pleuvait énormément cette nuit-là. On ne voyait pas très loin.
- Enfin, nous sommes à Paris ! Qu'il pleuve, qu'il vente, qu'il neige, peu importe l'heure et la rue, il y a toujours quelqu'un dehors ! Deux millions cent quarante-huit mille habitants sur cent kilomètres carrés, ça en fait des yeux !
- Ça fait quatre millions deux cent quatre-vingt-seize yeux, Monsieur le Ministre.
- Merci, Sorbier. Si j'avais besoin d'une calculette, j'en aurais acheté une. Bon, créez un numéro vert national et lancez un appel à témoin. Bon sang, je les vois déjà se payer notre tête au sommet de l'ONU demain ! La France perd ses emplois, la France perd sa compétitivité et, maintenant, la France perd sa tour Eiffel ! Allez, disposez, avant que je n'étrangle quelqu'un par mégarde. J'ai besoin d'être seul quelques minutes pour choisir mes mots pour expliquer à la présidente comment nous avons réussi à perdre un monument de trois cent vingt-quatre mètres de haut.

Effectivement, le ministre de l'intérieur ne s'était pas trompé quant à l'ampleur des réactions suscitées par la disparition de l'emblème national. Néanmoins, les premiers à réagir ne furent pas les autres chefs d'Etat, mais plutôt la presse.

Le Monde :
« Rendez-nous la tour Eiffel »

Le Figaro :
« L'identité française attaquée »

Le Canard enchaîné :
« La dame de fer s'est fait la belle »

L'Humanité :
« C'est la culture qu'on assassine ! »

Capital :
« La tour Eiffel n'a pas de prix »

Marianne :
« La tour Eiffel à tout prix »

La Croix :
« Paris n'est plus Paris »

L'Est Républicain :
*« Drame sur les Champs-Elysées :
la tour Eiffel disparaît »*

Les Dernières Nouvelles d'Alsace :
« Qui a volé, a volé, a volé la tour Eiffel ? »

La Provence :
*« Aujourd'hui la tour Eiffel,
demain l'Arc de triomphe ? »*

Le Parisien :
*« Disparition de la tour Eiffel :
l'œuvre des écolos ou d'un alcoolo ? »*

Mediapart :
*« Suppression de la plus haute antenne de Paris :
vers la mise sous tutelle des fréquences radios
par le gouvernement ? »*

Courrier international :
*« Disparition d'un symbole national :
la souveraineté française remise en question ? »*

Le Guardian :
« Who stole the Eiffel tower ?[15] »

El Pais :
*« El Gobierno francés perdiendo la torre Eiffel
y credibilidad[16] »*

Der Spiegel :
*« die Franzosen, die einzigen,
die zum verlieren die Eiffelturm könnten[17] »*

El Corriere della Sera :
*« La torre Eiffel scomparsa,
66 millioni di Francesi in lacrime[18] »*

---

[15] Qui a volé la tour Eiffel ?
[16] Le gouvernement français perd la tour Eiffel et sa crédibilité
[17] Qui sont les seuls à pouvoir perdre la tour Eiffel ? Les français naturellement
[18] La tour Eiffel disparue, 66 millions de français en larmes

Certains quotidiens osaient des tentatives d'explication abracadabrantesques. L'un des articles les plus relayés évoquait la possibilité d'une dissolution sur place de la tour Eiffel à l'occasion d'un test à grande échelle d'une arme chimique. D'ailleurs, le témoignage de plusieurs parisiens se plaignant de démangeaisons mystérieuses survenues au même moment étayait cette thèse. Mais la presse écrite était finalement plus frileuse que la télévision qui avait l'avantage incontestable, en matière d'irrationalité, de pouvoir faire intervenir toutes sortes d'experts s'exprimant en direct pour appuyer ses thèses. Sur les différents plateaux, les témoignages se succédaient et ne se ressemblaient pas.

Un « profiler » de voleur en série voyait là l'œuvre d'un admirateur de Vincenzo Peruggia, l'homme qui avait subtilisé le tableau de la Joconde en 1911. Une entreprise de ferronnerie de la banlieue parisienne n'hésitait pas à incriminer publiquement et nommément ses associés par pur appât du gain et du coup de com'. Un acupuncteur d'origine chinoise exposait que la tour s'était dissoute au contact de la pollution. Un imam radical saluait une intervention divine pour ôter ce monument inutile qui faisait ombrage à Allah. Le front national accusait l'Europe de vouloir salir l'image de la France. La gauche accusait le gouvernement capitaliste d'avoir vendu en douce ce trésor national. La droite évoquait une action des antifascistes destinée à uniformiser la culture à l'échelle mondiale en faisant disparaître l'identité française. Une chaîne de grande audience faisait le parallèle avec des OVNIS qui auraient été repérés la veille dans le Maine, aux Etats-Unis, information fournie par un blog individuel américain spécialisé et peu consulté.

Bref, les coupables et les mobiles ne manquaient pas, mais personne n'avait le moindre début d'explication tangible sur le « comment ».

INTERLUDE

Dans le même avenir proche

- C'est bon, il est droit là.
- Attends un instant. J'ai l'impression que l'alignement n'est pas parfait.
- Tu vas vraiment finir par nous faire repérer avec tes conneries !
- Excuse-moi mais je ne fais pas grand-chose dans la vie. Alors, quand je fais quelque chose, je le fais bien.
- Oui mais là on a fait ce qu'on avait à faire et on s'en fout de savoir si l'alignement est parfait ou pas ! On n'a jamais dit qu'il faudrait vérifier avec un niveau à bulles si le tableau est parfaitement droit ou pas. Et puis, à mon avis, les georgiens[19], quand ils vont se retrouver face à face avec *L'Origine du monde*[20] en allant au marché samedi matin, ils s'en rendront pas compte, de l'alignement.

---

[19] Gentilé des 3196 habitants de Saint-Georges-des-Groseillers, petite commune normande de l'Orne
[20] Toile impudique de Courbet facilement accessible en tapant son nom dans n'importe quel moteur de recherche

3.

L'appel à témoin lancé par la police judiciaire fut victime de son succès.

Largement relayé par la presse (écrite comme audiovisuelle), affiché dans la plupart des commerces parisiens, le numéro mis en place fut pris d'assaut et, en vingt-quatre heures, les agents de police responsables de la réception et du recoupement des informations ainsi communiquées avaient établi vingt-sept mille cinq cent quatre-vingt-treize fiches sur l'évènement.

Sur ces vingt-sept mille cinq cent quatre-vingt-treize témoins, dix-huit mille neuf cent huit furent éliminés immédiatement, qualifiés de fabulateurs à première vue en raison de leur incohérence.

Les huit mille six cent cinquante-cinq témoignages restants devaient désormais faire l'objet d'une enquête et, le temps pressant (le gouvernement était désormais la risée de ses administrés comme de ses homologues étrangers), il fallait déterminer quelles fiches seraient traitées en priorité.

La chance fut du côté de Rémy Jacquier, agent de police depuis trois ans et affecté à l'étude des dépositions provenant de touristes étrangers en raison de sa maîtrise de l'anglais, aptitude peu partagée par ses collègues. Ainsi, il disposait de la déclaration émanant d'un touriste japonais qui réunissait tous les indices permettant de conclure au succès de l'examen préalable de la validité d'un témoignage : la personne se trouvait sur le lieu de l'infraction pour des raisons étrangères à sa volonté, elle décrivait la météo conformément à ce qui avait été relevé la nuit de l'enlèvement et elle émettait des doutes quant à ce qu'elle avait vu. Or, Rémy se souvenait bien de ses leçons et, dans le cadre de sa formation à ses futures fonctions d'agent de police, lorsqu'avait été traité le cas de l'appel à témoin, un inspecteur expérimenté avait longuement insisté sur le fait qu'un témoin absolument persuadé de ce qu'il avait vu était peu crédible car nul ne se souvient exactement de faits trop peu marquants pour les avoir signalés avant le lancement de l'appel.

En l'occurrence, le témoin nippon exposait une dispute avec son épouse déçue par la capitale française dont elle avait rêvé tout le début de sa vie et qui lui semblait finalement bien morne et grise.

Ce syndrome courant, appelé parfois Paris blues, était à l'origine de la querelle conjugale, son mari ayant dépensé une fortune pour lui permettre de visiter l'objet de son désir dans des conditions idylliques. Il avait ainsi organisé le voyage jusqu'à la Ville Lumière et loué une chambre pour quelques jours dans un hôtel situé avenue de Suffren, localisation dont les connaisseurs pourront aisément imaginer le prix.

Dès lors, il était parfaitement compréhensible que le manque de reconnaissance dont faisait preuve sa compagne abattue par sa déception ait créé entre les conjoints une discorde qui avait poussé l'époux à quitter la chambre pour faire quelques pas à l'extérieur. La pluie l'avait dissuadé de s'éloigner excessivement, mais il avait néanmoins décidé de marcher jusqu'à la tour Eiffel. Comme tout visiteur asiatique qui se respecte, il avait évidemment emporté son appareil photo d'excellente facture pour saisir une fois encore l'image de la dame de fer, comme si les clichés largement diffusés sur internet par des photographes professionnels ne suffisaient pas pour se la remémorer à l'avenir.

Le déluge était tel qu'il ne distinguait pas grand-chose. Néanmoins, abrité sous l'auvent d'un kiosque proche, il avait sorti son Panasonic de sa housse protectrice pour immortaliser l'instant, estimant vraisemblablement que l'abondante averse mettrait en exergue la poésie de l'instant : lui, sa douleur et l'objet de convoitise de sa femme déçue qui lui avait coûté tant d'heures supplémentaires. Distinguant à peine ce qu'il essayait de photographier à travers les trombes d'eau qui obstruaient son champ de vision, il avait tout de même appuyé sur le déclencheur, à l'aveugle. Puis, estimant que sa colère était passée, il était rentré à l'hôtel rejoindre sa femme.

Ce n'est que le lendemain, lorsqu'il avait constaté la disparition du célèbre monument en même temps que des milliers de curieux venus vérifier l'information a priori aberrante transmise par la presse en ligne, qu'il avait repensé à cette photo. Or, en éclaircissant l'image, on distinguait nettement à travers le rideau de pluie séparant l'objectif de sa cible, que les pieds de la tour étaient légèrement surélevés par rapport au sol, un peu comme si celle-ci flottait dans les airs.

Comprenant immédiatement l'importance capitale de ce qui semblait être la seule piste valable dans une enquête terriblement embarrassante, Rémy Jacquier appela cette source providentielle dès la fin de la lecture de la fiche correspondante. Le touriste offrit immédiatement de mettre à disposition de la police le cliché en question et accepta de ne le communiquer à aucun journaliste de quelque nationalité que ce soit, l'agent zélé n'ayant pas manqué de le menacer d'emprisonnement immédiat le cas échéant pour atteinte à la sûreté de l'Etat. Bien entendu, une telle incarcération était absolument inenvisageable aux yeux de la loi, mais Jacquier avait misé sur l'effet bluffant de cette intimidation et le ressortissant du pays du soleil levant ne connaissait pas suffisamment le système juridique français pour remettre en cause les paroles d'un membre des forces de l'ordre.

Le service scientifique à disposition des enquêteurs, après avoir conclu à l'absence de photomontage, traita l'image de toutes les manières possibles et imaginables jusqu'à réussir à mettre en évidence la présence de plusieurs silhouettes à proximité du monument. Ces ombres, contrairement à la tour Eiffel, avaient les pieds bien sur terre et il était évident que, si tant est que leurs propriétaires ne soient pas à l'origine du vol, ils en étaient au moins les complices. Il demeurait néanmoins impossible d'identifier ces protagonistes. Pourtant, les limiers disposaient désormais d'une information cruciale : la plus connue des œuvres de Gustave Eiffel avait été soulevée en un seul tenant.

Deux hypothèses s'avéraient désormais concevables, si on écartait la piste d'un enlèvement extraterrestre : soit une grue l'avait soulevée pour la jeter dans la Seine, soit un aéronef quelconque avait permis de la dérober par la voie des airs. En effet, il était impossible de charger une si grande structure sur des poids lourds pour la faire sortir de Paris en raison des nombreux ponts et tunnels à franchir.

La première hypothèse – la Seine - fut facile à éliminer. Un sondage à grand renfort de plongeurs expérimentés équipés de détecteurs de métaux et de sonars conclut à son absence dans le fleuve. Il y avait là toutes sortes d'objets métalliques, de la carcasse de voiture charriée peut-être depuis l'Yonne jusqu'aux multiples boîtes de conserves en passant, d'ailleurs, par un certain nombre de Vélib' dont les vols récurrents ont été mentionnés précédemment par le ministre de l'intérieur. Mais rien de suffisamment gros pour conclure à la présence de la tour Eiffel. Restait donc la voie des airs.

Etant donné son poids, peu d'engins aériens permettaient d'accomplir une telle mission. Il n'y avait donc plus qu'à déterminer quels appareils étaient susceptibles de soulever une charge de dix mille tonnes.

INTERLUDE

A nouveau dans le même avenir proche

- Putain, mon pied, ducon !
- Je t'avais dit que je ne tenais plus. T'as rien voulu savoir. Ça t'a glissé dessus comme un pet mouillé sur une toile cirée. Ben voilà, tant pis pour ton pied. Ça t'apprendra à jamais tenir compte des sentiments des autres.
- Mais j'y crois pas, l'autre enfoiré me lâche *Le Déjeuner sur l'herbe* sur le pied et il s'excuserait même pas !
- Tu vas survivre, je pense. C'est un tableau, pas une statue en bronze non plus.
- C'est un grand tableau[21].
- Je te rassure, la toile n'a rien. Tout va bien. Allez, à trois on y retourne et tout le monde porte haut. Je veux qu'il soit accroché sur le grillage dans moins de cinq minutes. Un, deux, trois !

---

[21] 2,08 X 2,64 mètres

4.

Pendant ce temps, à l'office de tourisme de la rue de Rivoli, un allemand éructait de rage sur une stagiaire sous-payée chargée de tenir le guichet, la couvrant de tant de postillons que, si polie et bien élevée qu'elle fût, la jeune fille ne pouvait retenir totalement la grimace de répulsion que lui inspirait son interlocuteur.

Malheureusement pour lui, celle-ci ignorait tout de la langue germanique qui, de par sa consonance naturellement autoritaire et brutale pour des oreilles impies, lui laissa présager l'imminence d'une agression. Elle composa donc discrètement le numéro du poste de police le plus proche, qu'elle ne connaissait que trop bien, le secteur touristique n'étant plus aussi tranquille qu'il avait pu l'être par le passé.

L'énergumène énervé en chaussettes dans ses traditionnelles sandales - les clichés ont la vie dure, mais, reconnaissons-le, certains les alimentent de manière presque intentionnelle - n'avait pas fini son monologue accusateur qu'une patrouille de police entra à son tour dans l'office de tourisme, suivie de peu par une femme entre deux-âges qui, à en juger par la gêne affichée qui l'habitait tandis qu'elle balayait la scène des yeux, semblait être l'épouse de l'allemand en colère.

- Bonjour M'sieurs Dames. Pouvez-vous nous signaler le problème ici ?

Impressionné par la présence des forces de l'ordre, peut-être en raison des nombreuses histoires dramatiques d'injustice, de corruption et de torture que relayaient régulièrement les journaux outre-Rhin à propos de la police française, l'allemand interrompit immédiatement sa diarrhée verbale, contenant finalement son excès salivaire à sa bouche au grand soulagement de la stagiaire.

Tandis que cette dernière expliquait brièvement la situation à un premier policier, un second tâchait d'interroger l'auteur des faits reprochés, encore essoufflé par sa diatribe. La femme entre deux-âges qui s'avérait désormais manifestement être sa compagne lui caressait mécaniquement le bras, sans que l'on ne puisse déterminer avec certitude si ce geste visait à calmer l'époux ou à se rassurer elle-même.

- Alors comme ça, il semblerait que vous ne soyez pas très poli avec la demoiselle ? On peut savoir pourquoi vous l'insultez ?

- …

Visiblement, la langue de Molière était aussi étrangère au touriste teuton que celle de Goethe ne l'était pour la stagiaire. Néanmoins, une image valant souvent mille mots, sa femme eut la présence d'esprit de dégainer son appareil photo pour montrer sur le petit écran pixellisé l'objet du désarroi de son mari.

A la vue de l'image, le policier ne put retenir une exclamation de stupeur et s'élança hors de l'office de tourisme, avant même que ses collègues n'aient eu le temps de regarder à leur tour l'étonnante photo, pour y revenir quelques secondes plus tard.

- Il n'y a plus de génie !
- Allons, Christophe, il n'y a jamais eu beaucoup de génies dans nos effectifs... blagua sa collègue en ricanant de sa propre blague.

Mais le prénommé Christophe ne semblait pas d'humeur à rire.

- Quand il va falloir annoncer ça au chef...
- Qu'est-ce qui se passe ? Montrez-moi ça, ordonna un troisième agent en prenant l'appareil photo.

Avant de sortir à son tour dans la rue pour rentrer aussi sec.

- On a volé le Génie de la Bastille ! ON A VOLE LE GENIE DE LA BASTILLE ! Les gars, appelez la direction générale, ce n'est plus de notre ressort. Mettre les points sur les « i » à un teuton, ça, on sait faire, on a même une procédure exprès pour ça. Mais attraper quelqu'un capable de voler une statue sur une colonne de cinquante mètres de haut située au beau milieu d'un rond-point, c'est une autre affaire.

Le visage grave de l'officier de police acheva de calmer l'allemand mécontent qui pensait avoir été berné dans son circuit touristique. Il sortit, emmenant sa femme dans un faible « Entschuldigung », oubliant l'appareil photo, ce que, bien entendu, personne ne lui fit remarquer.

La stagiaire, piquée par la curiosité, alla vérifier la véracité des dires des agents et, après avoir constaté elle aussi la disparition de la statue dorée, emblème de la Bastille, rendit ses conclusions :

- Ils sont forts, hein, le gang des voleurs de la tour Eiffel. Parce que c'est eux, hein, ça leur ressemble bien ?
- Mademoiselle, nous ne pouvons pas tirer de conclusions hâtives. Je vais déjà procéder à votre interrogatoire.
- Ben pourquoi, j'ai rien fait moi !
- La procédure, Mademoiselle.

INTERLUDE

Encore dans le même avenir proche

A Cires-lès-Mello[22], au petit matin, une vieille dame sortait du commissariat où elle venait de passer la nuit en cellule de dégrisement. Arrêtée la veille au soir pour ivresse sur la voie publique alors qu'elle avait rameuté toute sa rue en hurlant qu'un long bateau blanc surplombé d'une cabine, elle-même surmontée par une couronne dorée géante, venait de traverser son jardin, « avec une douzaine de paires de jambes » qui dépassaient en bas, la maréchaussée n'avait cependant eu d'autre choix que de la libérer car ladite embarcation venait d'être découverte sous le préau de l'école primaire par un instituteur. Ce dernier, bonapartiste convaincu, avait d'ailleurs reconnu une réplique du canot impérial de Napoléon, habituellement visible à Paris, au musée de la Marine, l'original ayant récemment rejoint les Ateliers des Capucins à Brest.

---

[22] Bourgade oisienne

5.

Tandis qu'à Paris, une stagiaire s'efforçait de se souvenir de la dernière fois où elle avait vu le Génie de la Liberté ouvrant ses ailes au sommet de la colonne de Juillet, ce qui n'était pas une mince affaire, Lucien, Jean et Marie s'installaient tant bien que mal dans un TGV à Lyon. Le mince compartiment à bagages au-dessus de leur tête semblait bien étroit au regard du volume de leurs affaires et les sièges paraissaient minuscules par rapport à la corpulence de la plus forte d'entre eux.

- Ils y ont pas fait ces places pour des fesses de femmes qui ont donné la vie, râlait Marie.
- Tu n'as jamais donné la vie, toi, et heureusement, grommela son mari suffisamment bas pour que seul Lucien l'entende.

Après avoir finalement coincé leurs sacs, besaces, manteaux et victuailles sur les supports prévus pour et réussi à relever les accoudoirs pour s'asseoir à leur aise, les voyageurs expirèrent à l'unisson leur soulagement. Qui fut de courte durée.

Se raclant bruyamment la gorge, une femme surgie de nulle part campait devant eux, avec les sourcils froncés de ceux qui, non seulement, ont quelque chose à vous reprocher, mais en plus, détiennent la preuve irréfutable de leur bon droit.

Vêtue d'un imperméable blanc dont Marie dirait plus tard qu'il ne devait pas souvent remplir sa première fonction étant donné sa couleur éclatante, montée sur des talons aiguilles qui rappelaient à Jean un échassier qu'il avait vu un jour au sein d'une troupe venue se produire dans le village au nom de la diffusion de la culture jusque dans les coins les plus reculés de France, cette caricature du bon chic bon genre embaumait un parfum épais, suave, au point d'être étouffant, qui piquait le nez sensible de Lucien habitué à l'air pur de ses montagnes.

S'adressant à Lucien, la créature infernale le pria d'un ton sec et sans réplique de quitter son siège. Lucien n'étant pas du genre à contester, il avait déjà amorcé un mouvement pour libérer la place lorsque Jean intervint pour rétablir la justice ou, du moins, ce qui lui semblait être juste en le faisant rasseoir :

- Ma p'tite dame, je crois bien que mon ami le Lucien y était là avant vous. Alors va falloir vous y chercher une autre place, ce qui est pas ce qui manque, d'ailleurs, dans ce train.
- Mais, Monsieur, c'est qu'il s'agit là de MA place, répondit l'imperturbable empêcheuse de tourner en rond en imperméable.
- Ah bon ? Pourtant, y a pas vot' nom dessus.
- Cher monsieur, je crois deviner à votre, euh, disons… allure, que vous n'êtes guère habitué aux voyages en TGV. Voyez-vous, c'est un peu comme dans un avion...

- Alors là, je vous y arrête tout de suite, l'avion, j'y ai jamais mis un orteil et c'est pas près d'arriver parce qu'avec le bruit que ça fait quand ça y passe au loin, j'ose pas imaginer le tintamarre que ça doit être dedans. Faudrait me payer pour y monter !
- Alors, d'abord, vous - ne – pou – vez – PAS – mon – ter – dans – ce – train - si – vous - n'a – vez – PAS – de – BIL - LET, expliqua la voyageuse en détachant chaque syllabe comme si elle expliquait un concept simple à un jeune enfant récalcitrant à l'apprentissage.
- Pourquoi qu'elle y dit ça, l'autre, là, j'y ai un billet, on y a même trois billets. On est pas des resquilleurs, on a pas des têtes de voleurs de poules quand même, s'agaça Marie.
- Dans ce cas, vous verrez sur votre billet qu'un numéro de place vous est attribué, dans un wagon bien précis.

Retrouver les trois billets prit plusieurs minutes au trio. Après avoir confirmé la véracité des obligations indiquées, les compères rassemblèrent tant bien que mal leurs affaires - ce qui leur prit à peine moins de temps qu'il n'en avait fallu pour les ranger dans des endroits appropriés - et sortirent sur le quai vérifier les numéros de wagon qui, évidemment, n'étaient pas bien indiqués à l'intérieur.

Le temps de constater qu'ils étaient bien devant leur wagon et de se réengager vers l'intérieur, Marie en tête, les hauts parleurs se mirent à hurler « Voie 2, le TGV n°110820 à destination de Paris – gare de Lyon va partir, prenez garde à la fermeture automatique des portes, attention au départ ! ».

Dans un geste à l'intention galante, Jean attrapa sa femme et la tira en arrière pour lui éviter d'être sectionnée par la porte qui claquait déjà. Déstabilisés par le poids de leurs bagages, les époux finirent les fesses par terre, devant le train qui s'ébranlait. Avant même qu'ils n'aient pu comprendre qu'ils s'étaient faits avoir comme des bleus, le TGV s'en allait vers la capitale, laissant les trois amis éberlués à Lyon, penauds, leurs billets à la main.

- Ben voilà, y a plus qu'à rentrer, conclut Lucien.
- Ah non, rétorqua Jean, on peut pas y renoncer comme ça ! C'est l'honneur du village qui est avec nous, monsieur le maire l'a bien dit. Tiens, le jeune homme, là, il a une casquette et un sifflet, y va nous-y dire comment faire, poursuivit-il, alpaguant sur l'instant l'employé en question.

Quiconque s'est déjà frotté à la Société nationale des chemins de fer français[23] sait que, dans ce genre de situations, la guerre est perdue d'avance et le malheureux voyageur n'a plus qu'à acheter un autre billet en espérant que le prix du trajet n'aura pas doublé entre son premier achat et celui-ci.

Pourtant, loin de se laisser désarçonner (ou peut-être parce qu'il n'avait encore jamais subi les multiples déconvenues qu'impose régulièrement l'entreprise ferroviaire à ses clients), Jean parvint en moins de trente

---

[23] La SNCF pour les intimes

minutes à faire échanger les trois billets, gratuitement, pour leur permettre de monter dans le prochain TGV à destination de Paris qui partirait trois heures plus tard. Il y a fort à parier que son allure impressionnante d'amateur de bonne chair et son nez aviné convainquirent l'agent du guichet des réclamations bien plus certainement que le bien-fondé de sa requête, mais le résultat était là et les habitués du train auraient été bien étonnés de ce dénouement si tant est que quelqu'un s'y fût intéressé.

INTERLUDE

Toujours dans le même avenir proche

- Je ne suis pas superstitieuse, hein, mais quand même. T'as jamais entendu parler de la malédiction de Toutânkhamon ? D'abord le canari d'Howard Carter, ensuite Lord Carnarvon, après le professeur La Fleur, et puis tous les autres : Gould, Herbert, Evelyn-White, Reed, Bénédite, Mace, Bathel… Tous ont troublé le repos mortuaire du pharaon, tous sont morts mystérieusement !
- C'est pas la momie de Toutânkhamon que tu transportes, c'est la momie d'un chat. T'as peur de quoi ? D'être hantée par des chats pour le restant de tes jours ?
- Tout ça va très mal finir. On n'aurait jamais dû entrer au département égyptien du Louvre.
- Tout ça va très bien se passer. De toute façon, c'est pas comme si on pillait une sépulture, on récupère des œuvres dans un musée et on les dépose ailleurs. C'est pas nous qui avons été les chercher au bord du Nil. Tiens, ça me fait penser à une chanson : ah les cro-co-co, les cro-co-co, les cro-co-diles, sur les bords du Nil, ils sont partis n'en parlons plus…
- On s'apprête à être frappés par le sceau de la malédiction et, toi, tout ce que tu trouves à faire, c'est chanter une comptine ?
- Je berce ma momie de crocodile. Pour m'assurer de son sommeil éternel. Ça devrait te rassurer, non ?

6.

- Je récapitule. Nous avons une statue qui disparaît au sommet d'une colonne contournée par plusieurs centaines d'automobilistes chaque jour et nous ne pouvons même pas dire précisément à quel moment elle a été subtilisée. Nous avons un emblème national, mastodonte de fer, qui fait de la lévitation d'un seul tenant lors d'une nuit pluvieuse et nous sommes incapables de remettre la main dessus. Des plaintes diverses et variées ne cessent d'affluer de la part de touristes du monde entier qui se sentent floués par leurs agences de voyage au prétexte que leurs circuits des lieux historiques parisiens se soldent quasiment systématiquement par des non-lieux. La tombe de Chopin n'est plus au cimetière du Père- Lachaise. Les serrures de la Conciergerie ont disparu. Tous les cadrans solaires, de celui de Cuvier du Jardin des Plantes à celui du Palais de la Justice ont été subtilisés. La Flamme de la Liberté a été emportée. La flamme du souvenir sous l'Arc de triomphe ne peut plus être allumée car le brûleur a été détérioré : il y a fort à parier qu'il s'agit d'un larcin avorté. Une partie des vitraux de la Sainte Chapelle manque au Palais de la Cité, remplacés par de vulgaires morceaux de plastique coloré. Il est probable qu'il n'en resterait plus un seul si nous n'avions pas placé, depuis hier soir, des hommes en

faction devant chaque façade. Bref, j'en passe et des meilleures. Vous me confirmez tout ce que je viens de dire, Sorbier ?
- Oui, Monsieur le Ministre, répondit un murmure à la fois honteux et inquiet.
- Bien. Combien de personnes sont actuellement mobilisées pour surveiller Paris ?
- La moitié des effectifs nationaux dont nous disposons, Monsieur le Ministre.
- Et ce depuis combien de jours ?
- Quatre jours, Monsieur le Ministre.
- Quelles sont les conclusions de vos investigations, à ce stade ? Et qui s'occupe de ces enquêtes ?
- Euh, c'est à dire, Monsieur le Ministre, que nous ne savons pas pour l'instant dans quel cas de figure classer ces incidents.
- Et donc ?
- Et donc, pour l'instant, la chambre de définition des incidents doit trancher sur leur nature pour que le service compétent puisse être désigné par le coordinateur de l'action publique judiciaire afin qu'il soit ensuite saisi par l'instance d'initiative des investigations.
- Pardon ? Vous pouvez me répéter ce que vous venez de dire, Sorbier ?
- La chambre de définition des incidents doit trancher sur leur nature pour que le service compétent puisse

être désigné par le coordinateur de l'action publique…

- Merci, Sorbier, l'interrompit le ministre. Dois-je donc comprendre que personne n'enquête pour déterminer pourquoi ceci est arrivé, où sont les monuments manquants et qui nous devons arrêter ?
- Euh, dans un constat purement factuel, oui, Monsieur le Ministre.
- Bon sang de bon soir ! Depuis lundi, je prends mon café en jaugeant quel est le journal qui fait le meilleur calembour à propos de l'incompétence de nos services - et je peux d'ailleurs vous dire à ce sujet que, si la presse internationale n'est pas mal, nos bons vieux canards nationaux sont loin devant, mais bon, on a les compatriotes qu'on mérite - et voilà que j'apprends que tous sont encore loin de la vérité !
- Ben, Monsieur le Ministre, c'est à dire qu'on s'est contenté d'appliquer la procédure que vous avez mise en place, vous savez. Et puis, depuis que vous avez fait publier une circulaire précisant que tout fonctionnaire de police qui n'appliquerait pas la procédure serait démis de ses fonctions à la prochaine réforme visant à réduire les effectifs, tout le monde suit la procédure.

Le ministre de l'intérieur saisit son visage entre ses mains et laissa échapper dans un soupir :

- Sortez, Sorbier. Laissez-moi seul cinq minutes.

Le lourde porte d'ébène ne s'était pas encore refermée que quelqu'un entra précipitamment dans le bureau.

- Il faut absolument que je vous parle, Monsieur le Ministre, je sais comment arrêter les voleurs de monuments.
- Vous êtes qui, vous ?
- Gaëtan Garrel. Récemment embauché pour assurer la veille permanente interservices que vous souhaitiez mettre en place.
- Bon, au moins, toutes mes initiatives ne sont pas des échecs. Comment cela se fait-il que je ne vous aie jamais rencontré ?
- C'est à dire que je suis stagiaire. En fait, c'est un poste créé pour occuper les stagiaires, à ce que j'ai cru comprendre.
- Soit. Je ne veux pas savoir par quel miracle un stagiaire se retrouve en position d'arrêter des personnes dont je viens d'apprendre de la bouche de mon propre directeur de la police qu'elles ne sont même pas recherchées par nos services à l'heure actuelle. Décidément, il semblerait que les règles sont bien mal conçues ici. Ce qui est malheureux, puisque c'est moi qui les conçois. Mais puisque ce que vous m'annoncez est ce qui se rapproche le plus d'une bonne nouvelle parmi tout ce que j'ai pu entendre pendant les cinq derniers jours, poursuivez, faisons fi du protocole.
- Voyez-vous, je vis près de la Bastille, chez ma mère pour être précis. En même temps, comme elle dit, il n'y a pas de honte à ça, il y a des milliers de stagiaires à Paris et aucun d'entre eux ne doit pouvoir se payer

ne serait-ce que la dernière chambre de bonne du XIXème, alors je ne suis pas le seul à vivre chez ma mère à un âge où la sienne avait déjà deux enfants. Enfin, toujours est-il qu'en début de semaine, j'ai remarqué, comme tout le monde, la disparition du Génie. Le lendemain, j'ai donc profité de l'accès à tous les fichiers du ministère pour vérifier que...

- Un instant, jeune homme, permettez-moi de vous couper. Vous avez, vous, stagiaire, un accès à tous les fichiers du ministère ?
- Evidemment. J'ai reçu en arrivant ici le guide d'accueil qui explique comment y accéder, comme n'importe quel agent. Mais vous devriez le savoir, c'est vous qui avez rédigé l'édito de ce guide.
- Soit. Définitivement, cela va de mal en pis.
- Donc, je vérifie sur le fichier ce qui se sait sur le Génie de la Bastille, curiosité certes peu déontologique, mais bien naturelle, vous le comprendrez. Bref, je tombe sur un inventaire de tout le patrimoine signalé comme manquant au cours des derniers jours. Je copie la liste, la colle dans mon moteur de recherche Google et tombe sur un site qui les énonce tous. C'est facile, me direz-vous, il y a des tas de sites à propos de Paris qui listent les intérêts touristiques de la capitale et tous continennent à peu près la même chose. En plus, il y a des monuments qui n'ont pas été volés indiqués sur ce site. Comme l'Arc de triomphe, par exemple.

A la mention de l'Arc de triomphe, le ministre eut une moue amusée. Mais Gaëtan Garrel était bien trop emporté par son explication pour le remarquer.

- Mais il y figure aussi beaucoup de références, disons, d'un intérêt plus désuet. Par exemple, on y trouve une obscure pièce d'art contemporain de la série « Demeures » d'Etienne Martin du jardin Tino Rossi, la statue de Bertie Albrecht du XIIème dont, vous en conviendrez, la renommée est très relative... Et pourtant, saviez-vous qu'il s'agit de la co-fondatrice du mouvement résistant « Combat », un sacré bout de femme torturée à mort par la Gestapo ? Enfin, bref, la plupart des endroits et œuvres, célèbres comme méconnus, recensés sur ce site internet coïncident avec ceux figurant sur la liste extraite de vos fichiers. Donc, il ne me semble pas impossible que les voleurs s'appuient sur ce site pour définir leurs cibles. Alors, c'est peut-être une idée stupide, comme me l'a fait remarquer ma tutrice, mais puisque j'ai vu dans vos fichiers que vous n'étiez pas très avancé, je me suis dit qu'il fallait que je vous en parle.
- Bien. Je vous remercie de m'avoir fait partager vos conclusions. Puisque vous semblez être le seul dans cette maison à avoir un peu de jugeote et d'initiative, je vous promeus au poste d'assistant personnel du chef de la police à qui vous irez exposer vos conclusions. Qu'il mette nos informaticiens sur le coup pour vérifier d'où proviennent les connexions

sur ce site internet au cours de l'année passée et, surtout, qui le consulte le plus souvent.

INTERLUDE

L'avenir proche n'a jamais été aussi proche

A Magné, commune aux abords du marais poitevin, les habitants médusés contemplaient le Radeau de la Méduse, mystérieusement apparu sur le pont de la rue du Grand Port pendant la nuit.

7.

- Paris, gare de Lyon, terminus du train, tous les voyageurs sont invités à descendre de voiture. Avant de quitter votre place, veillez à ne rien oublier. Par ailleurs, conformément au plan vigipirate, vous êtes priés de nous signaler tout colis ou bagage qui vous paraîtrait abandonné.

La voix du contrôleur retentissait à un volume absolument déraisonnable. Jean, Lucien et Marie, conciliants par nature, exécutèrent les consignes puis descendirent du train aussi vite que possible, ayant encore en mémoire la fermeture violente des portes qui leur avait causé du retard. Ils ne comprenaient pas bien pourquoi la gare de Paris s'appelait gare de Lyon, mais ils n'avaient plus la force de s'interroger sur ce type d'incohérences après cet éprouvant trajet depuis qu'ils avaient quitté le village, au matin.

La gare était immense. Une de ces constructions de l'homme démesurées qui n'était, d'ailleurs, pas sans rappeler l'étrange sculpture gigantesque à l'origine de leur périple. Mais ce qui choquait le plus les voyageurs savoyards, c'était le flot incessant de personnes qui circulaient dans cette gare. Des masses innombrables d'hommes et de femmes de tout âge se croisaient à une vitesse déstabilisante sans jamais entrer en collision, dans une merveilleuse chorégraphie aux multiples danseurs. Il en montait et en descendait par quatre séries de grands escaliers mécaniques qui permettaient de gagner le sous-sol, escaliers mécaniques eux-mêmes situés devant des volées de marches en fer forgé qui, elles, accédaient à un étage supplémentaire abritant un restaurant. Il en entrait et en sortait par toutes les arches, par toutes les portes visibles.

Cette agitation était accentuée par les annonces monocordes mais stridentes émanant des haut-parleurs qui énonçaient sans cesse des arrivées et des départs de trains, parfois vers des lieux dont les trois visiteurs n'avaient jamais entendu parler, pas même Marie qui était pourtant réputée plutôt douée en géographie du temps où elle était écolière.

Ne sachant pas par quel côté pénétrer cette masse humaine, les trois savoyards demeuraient immobiles au milieu du hall central. La panique gagnait peu à peu le visage de Marie et Lucien. Jean, en revanche, semblait prendre beaucoup de plaisir à ce spectacle nouveau, d'autant plus que les jeunes demoiselles qui circulaient devant lui étaient souvent, bien que ce ne soit pas la saison, vêtues de jupes ou de robes légères découvrant des jambes fines qui n'avaient rien à voir avec les mollets de marcheurs qu'il avait l'habitude de côtoyer chez la gente féminine montagnarde.

Toute paniquée qu'elle fut, Marie remarqua que les yeux de son mari suivaient les silhouettes les plus court vêtues. Elle lui assena un coup de poing magistral sur la tête qui eut tôt fait d'aider le malheureux à revenir à la raison.

- Elles pourraient être tes filles, gros dégueulasse ! Et puis, s'habiller comme ça, c'est peut-être élégant, mais en automne, ça veut quand même dire pas y avoir grand-chose dans la caboche ! C'est un coup à attraper la mort. Allez, maintenant faut y aller. Le Lucien est de plus en plus blanc, je crois bien qu'il va nous y avoir un malaise si on reste là. Et toi, à te rincer l'œil, là, t'es de plus en plus rouge, comme que si t'allais y faire une attaque. Faut bouger !

Marie, femme forte s'il en est, empoigna ses deux camarades par le bras après s'être assurée que tous les bagages étaient fermement arrimés à un dos ou au bout d'une main. Elle s'élança alors à corps perdu dans la foule dans une action héroïque qu'elle aurait probablement ponctuée d'un cri de guerre si tant est qu'elle eut un jour eu l'occasion de regarder un film d'action pour s'en inspirer.

L'opération ne se déroula pas sans mal. Peu coutumiers de ces déplacements de masse, les trois individus partirent évidemment à contre-courant du premier flot de passants rencontré. Ignorant les insultes des plus volubiles et les regards noirs des plus taciturnes, ils parvinrent à s'extraire de cette angoissante coulée humaine en quelques minutes et débouchèrent sur une place extérieure. Qui était tout aussi noire de monde. Laissant Marie reprendre son souffle (ce que son poids transformait en opération de longue haleine) et Lucien à son désarroi (il pensait disposer d'un peu plus d'espace à l'extérieur), Jean inspecta soigneusement tous les horizons.

Chaque trottoir était continuellement arpenté par des parisiens et des parisiennes, chaque boutique voyait sa porte s'ouvrir plusieurs fois par minute pour laisser passer des acheteurs et des acheteuses. Outre les piétons, les rues étaient également encombrées de voitures et de cyclistes. Et, surtout, l'air était absolument irrespirable. Cette odeur infâme que le montagnard pensait liée à l'espace confiné de la gare était également répandue dehors. Une odeur qui n'avait rien de naturel, impossible à comparer à aucune des choses dont il avait pu faire l'expérience olfactive au cours de sa vie. Pesante, poisseuse, rampante, épaisse. Un mélange inconcevable d'égouts, de sueurs et de pots d'échappement laissant dans les narines un arrière-goût métallique. Une odeur de mort industrielle.

Et s'il n'y avait que l'odeur pour incommoder les trois savoyards... La hauteur des immeubles les entourant leur donnait le vertige, à eux qui étaient pourtant accoutumés à côtoyer les plus hautes cimes des Alpes. Désignant l'une des façades dont la grisaille était un peu plus claire que celle de ses voisines immédiates, Marie constata :

- Il doit être drôlement riche, le monchu[24] qui y habite là-dedans ! C'est grand comme cinq maisons !
- En tout cas, pas de doute, tout y a à peu près la même couleur que la sculpture dans la vallée. C'est qu'elle doit bien y venir d'ici, conclut Jean. Il est fort quand

---

[24] La définition a déjà été donnée à deux reprises... Cher lecteur, si tu ne t'en souviens pas, il ne te reste plus qu'à relire tout ce livre depuis le début.

même, hein, l'Amédée, depuis qu'il a sa télé par satellite.

- Les pauvres gens tout de même, ils y sont peut-être plus riches que tous les suisses réunis, mais quelle malchance de vivre ici ! Le ciel est gris, le sol est gris, les murs sont gris, l'air a un goût de gris... même les gens sont gris, en fait. Vous avez remarqué, y en a pas un qui y sourit, compatissait Marie.
- T'as raison, la Marie, c'est pour ça aussi que je t'y ai épousée, pour ton sens de la déduction. Je trouvais bien qu'y avait quelque chose de bizarre sans arriver à y mettre le doigt dessus. Y sourient pas, ces gens-là. En même temps, quand on voit le décor qu'on leur y a planté...

Avisant le teint pâle de son compère, Jean lui demanda :

- Dis donc, le Lucien, t'as pas l'air bien. Ça va ?

Lucien était au plus mal, les sourcils froncés d'incompréhension et l'air hagard. Par deux fois, il sortit une flasque de gnôle de sa besace pour absorber goulument quelques gorgées du liquide qu'il pensait salvateur, remède de tous les maux depuis toujours pour la plupart des savoyards. Mais rien n'y faisait. Il ne reprenait pas de couleurs et, si l'odeur de l'alcool couvrait un instant celle de la ville, le répit n'était que de courte durée. Tentant d'atténuer la détresse de son ami, Jean lui dit :

- T'inquiète-pas, le Lucien. Y en a du monde, c'est sûr, mais c'est qu'on doit y être dans le centre du centreville de la capitale de la France, c'est pour ça que c'est autant peuplé. Ça doit pas être comme ça partout.

Ses paroles, qu'il voulait réconfortantes, avaient sur son compagnon déconfit autant d'effet qu'un spectacle de mime joué à un aveugle.

- Tu vois, insista de plus belle Jean, c'est comme à Bellecombe-en-Bauges[25], y a toujours plus de monde qui s'y promène dans le centre que dans les alentours. Sauf que Paris, c'est un peu plus grand que Bellecombe, alors, tout de suite, ça fait que y a plus de monde.
- L'Jean, je m'sens pas très bien, tu sais, je crois bien que je vais y passer, se borna à répondre Lucien. J'ai du mal à respirer. Et quand j'respire, c'est pire, ça me file la nausée. Ça sent plus mauvais que le fond du seau de la panosse[26] pour essuyer la salle du village le lendemain de la fête du pain[27].

---

[25] « Capitale » des Bauges déjà citée, qui ne compte pas moins de 676 âmes
[26] Serpillière
[27] Nombre de village en Savoie et en Haute Savoie tiennent annuellement une « fête du pain », parfois également appelée « fête du four », qui permet aux habitants de se retrouver autour du « four banal » (le four collectif appartenant à tous les villageois où chacun cuisait, par le passé, son pain quotidien). A cette occasion, le four est remis en service pour une cuisson, les enfants sont initiés à la magie du pétrissage de la pâte à pain et les adultes profitent de l'occasion pour partager quelques verres de génépi. Bref, comme toute fête de village en France, l'évènement tourne habituellement à la beuverie générale en l'espace de quelques heures.

- Allons, allons, tu exagères, on y a jamais vu quelqu'un mourir parce que ça pue. Reprends-toi ! Bois un coup, ça t'y requinquera.
- …
- Bon, vous n'avez qu'à vous y reposer un peu comme ça, proposa Jean, sans bouger d'ici. Moi, je vais y regarder sur le grand plan qui est là-bas pour trouver l'hôtel où que le cousin de l'oncle de monsieur le maire a dormi pendant la guerre. Il paraît qu'on y dort bien.

Pourtant, une fois devant le plan, Jean dut faire face à son impuissance.

La carte ne ressemblait à aucune de celles qu'il avait pu voir dans sa vie. D'abord, le relief n'apparaissait pas, « ce qui fait une belle jambe pour y repérer où qu'on y est et où qu'on y va ». Ensuite, certaines rues étaient cachées par les traits bariolés représentant les lignes de bus et de métro, ce qui n'aidait pas à en lire les noms.

Loin de se laisser abattre, Jean remarqua une étiquette rouge vif portant la mention « vous êtes ici ». La moitié du chemin était faite. Après une laborieuse étude de la carte, il finit également par y situer l'hôtel. Il savait désormais qu'il leur fallait marcher plein ouest. Malheureusement, il lui était impossible de repérer les points cardinaux dans l'espace : il n'était pas évident de déterminer la provenance de la faible luminosité du soleil couchant d'une fin d'après-midi d'automne à travers le nuage de pollution parisien.

- Vin Diou[28]. Tant pis, je vais y demander mon chemin.

Sous les regards inquiets de ses camarades restés quelques mètres en retrait, Jean scruta la foule afin de choisir l'individu qui serait le plus à même de l'aider. Si possible, de sexe féminin et en robe. Ayant repéré l'interlocutrice idéale selon ses critères très personnels, il l'interpella :

- Ohé, mademoiselle, mademoiselle...

L'appelée ne répondit, ni même n'esquissa le moindre geste qui pourrait laisser penser qu'elle avait entendu. Et pour cause : deux petits câbles blancs s'échappaient de ses oreilles et couraient le long de ses joues pour se rejoindre sous son cou, lui délivrant sans interruption des basses à plus de quatre-vingt-quinze décibels dans les tympans. Bien que n'ayant pas conscience de ce fait, Jean eut l'intuition de lui attraper le bras pour stopper sa course (sa vitesse de déplacement, comme celle de tous les parisiens d'ailleurs, tenait en effet plus du cent mètres en sprint que de la marche). Il colla sa tête devant la sienne en parlant si fort qu'il en criait presque :

- Mademoiselle ! J'ai besoin de votre aide !

Jean eut à peine le temps de lire la panique dans les yeux de sa « victime », avant de ne plus rien voir du tout.

La jeune femme ainsi alpaguée avait rapidement déduit de son haleine au reblochon pestilentielle, de sa dégaine d'un autre temps, de son pantalon tâché de vin et des multiples épaisseurs qu'il portait (pull, gilet, veste, par-dessus) que son agresseur devait être l'un de

---

[28] Bon sang de bon dieu de bonsoir (traduction libre)

ces nombreux névrosés dont la misère aveugle le sens commun et qui, un beau jour, choisissent un martyr au hasard pour venger sur lui tous les malheurs que la vie leur a donnés en fardeau. Ou peut-être s'agissait-il simplement d'un traditionnel sans domicile fixe qui n'était pas parvenu à rassembler avec sa technique de manche habituelle suffisamment de monnaie pour se payer sa dose d'alcool quotidienne. Et qui, sous la contrainte insurmontable du manque, finit par recourir à la violence pour réunir les précieux centimes qui lui permettront d'assouvir son addiction, au point d'enfreindre la règle la plus sacrée des rapports entre arpenteurs des rues de la capitale, à savoir, ne jamais toucher l'autre. Quitte à faire des exercices de contorsionniste à faire pâlir d'envie les meilleurs acrobates du monde dans les ruelles les plus étroites aux heures de pointe.

Seulement, voilà, elle, elle ne donnait jamais d'argent. Comme elle aimait à le répéter à toutes ses connaissances : « ce n'est pas en donnant une fois un euro à un type que tu vas l'aider vraiment. Ce qu'il faut, c'est soutenir les associations qui les aident, tu sais, les foyers d'accueil, les soupes populaires, tout ça quoi. A la limite, leur acheter directement à manger. Au moins, tu sais à quoi sert l'argent que tu leur donnes ! ». Elle omettait toujours de préciser qu'elle-même n'appliquait aucun de ces conseils, si ce n'est celui de ne jamais donner sa monnaie. D'ailleurs, elle n'en avait pas vraiment conscience. A force de répéter sans cesse cette litanie, elle avait fini par y croire et, désormais, elle se figurait presque être Mère Teresa.

Aussi, ce jour-là, sur la place Louis Armand, devant la gare de Lyon, lorsqu'elle se crut attaquée par l'un de ces ivrognes mendiants à tendance psychopathique, elle n'hésita pas une seconde pour dégainer sa bombe lacrymogène – un cadeau de sa maman pour le dernier Noël - et en asperger copieusement les yeux de Jean tout en le sermonnant :

- Monsieur, agresser les jeunes filles pour leur voler de quoi acheter des bières, c'est très mal. Vous feriez mieux de vous trouver un travail. Et pour ça, vous devriez commencer par changer de vêtements.

Sur ces bonnes paroles, la jeune femme rangea son arme dans son sac à main et s'éloigna au son des vibrations tribales électroniques qui n'avaient cessé de résonner dans ses oreilles tout au long de l'altercation. Elle formulait déjà dans sa tête la manière dont elle allait raconter cette aventure à la bande de copains qu'elle s'apprêtait à rejoindre en abandonnant Jean à sa cécité.

Autour de lui, personne ne prêta attention à l'incident, si ce n'est Lucien et Marie qui avaient assisté à la scène avec effroi et n'en croyaient pas leurs yeux, eux qui avaient encore le privilège de voir. Ils s'empressèrent d'aller attraper leur ami chacun par un bras.

- Ça va, le Jean ?
- J'y vois plus rien ! Mais qu'est-ce qui s'est passé ?
- T'inquiète-pas, le Jean, on est là. On va t'emmener dans un bistrot et te nettoyer tout ça. Tiens, fais-y voir

les yeux, ordonna Lucien en lui attrapant le menton pour l'obliger à lui faire face. Oh là là, c'est pas jojo, dis-donc ! Enfin, ça doit pas y être si grave que ça, t'as des larmes qui se forment. Et mes chèvres, quand elles ont la conjonctivite, ça se passe toujours bien tant qu'y a des larmes qui s'y forment. C'est quand les cornées sèchent que ça y pose des problèmes. Allez, laisse-toi guider, je vais déjà te nettoyer tout ça avec un peu d'eau et mon mouchoir, ajouta-t-il en le dirigeant vers un muret séparant la partie piétonne de la place de la rue ouverte à la circulation pour y faire asseoir son ami.

- En tout cas, que ça te serve de leçon la prochaine fois que tu voudras conter fleurette à une demoiselle de Paris ! conclut Marie.

Après avoir jeté un bref coup d'œil circulaire pour recenser les différents cafés susceptibles de les accueillir le temps que Jean retrouve la vue, Lucien, ragaillardi par la nécessité de porter secours à son copain, dirigea naturellement ses compères vers celui appelé « La Porte de Savoie », qui se proclamait aussi restaurant. Ce qui tombait à pic, car toutes ces nouveautés lui avaient creusé l'appétit.

- Bonjour Monsieur, saluèrent à l'unisson Marie et Lucien en franchissant la porte autour de Jean toujours aveugle.
- 'jour, leur répondit du bout des lèvres le serveur sans cesser d'astiquer un verre avec un chiffon qui n'était plus de toute première jeunesse.

Ils s'installèrent sur une minuscule table engoncée parmi les autres dans la salle bruyante. Le serveur tardant à venir passer commande, le ventre de Lucien criait bruyamment famine. Ce dernier sortit donc de sa besace un bon quart de reblochon qu'il s'apprêtait à partager avec ses compatriotes. Le geste était de trop et dans un haussement de sourcil agacé, l'apathique restaurateur posa son verre pour venir gargariser derrière Lucien qui en lâcha son couteau.

- Pouvez pas manger ça ici, c'est pas bon pour le commerce.

Lucien, qui, le lecteur l'aura compris, n'était pas bagarreur pour un sou, rangea rapidement son casse-croûte inopinément interdit. Jean, qui avait perdu la vue mais pas la soif, sauta sur l'occasion :

- Mettez nous-y deux arquebuses et un p'tit blanc. Et si vous y aviez un peu de saucisson aussi...
- J'ai pas.
- Ma foi, disons une assiette de charcuterie, comme ce qu'y mange le monsieur, là-bas, suggéra Marie.
- J'ai plus.
- Ah, et vous avez quelque chose à manger ? demanda timidement Lucien.
- C'est sur la carte. Faut s'asseoir et lire.

Légèrement refroidi par l'attitude glaciale de celui qu'il préjugeait être un de leurs compatriotes, eu égard au nom de son affaire, Lucien attrapa la carte posée sur la table voisine.

L'étude du menu lui apprit, d'une part, que l'établissement ne servait pas d'arquebuse et, d'autre part, que les hamburgers-frites étaient considérés comme des spécialités savoyardes. En revanche, pas la moindre trace de diots[29]. Finalement, les trois compères optèrent pour une « ronde des fromages », casse-croûte idéal pour se remettre des émotions fortes, avec trois verres de vin blanc.

Lucien se dévoua pour passer commande auprès du serveur peu aimable et lui demanda également un torchon mouillé à l'eau pour nettoyer les yeux de son ami qui demeuraient d'une rougeur inquiétante :

- Faudra payer un supplément.

Son chiffon humide à la main et les trois verres sur un plateau dans l'autre, Lucien regagna sa place en grommelant qu'il existait des chiens errants enragés plus sympathiques. Il entreprit de nettoyer les globes oculaires de son camarade qui recommençait à distinguer quelques formes floues. Marie, qui avait enquillé son verre si vite que les deux autres n'avaient pas encore eu l'occasion de toucher aux leurs, ne cessait de regarder vers les cuisines, s'impatientant de cette farandole fromagère qu'on lui avait promise. L'assiette arriva. La déception également.

Au milieu d'une immense pièce de vaisselle, trônaient trois morceaux de tome au gabarit plus que modeste. Jean y voyait désormais suffisamment pour lâcher :

---

[29] Petites saucisses traditionnelles dans la gastronomie savoyarde qui se composent de porc haché à la noix de muscade

- Au moins, on ne risque pas de s'étouffer avec.

Lucien, ne perdant pas le nord, demanda au serveur qui avait jeté cette maigre pitance sur la table comme on eut jeté des sardines peu fraîches à des chats de gouttière :

- On peut y avoir du pain ?
- Faudra payer un supplément.

En quelques minutes, le « festin » fut expédié, les verres de vin nettoyés et les trois amis se dirigèrent une dernière fois vers le comptoir pour régler leur note.

- Tenez.
- Ah, et ben votre facture, elle y est plus remplie que vos assiettes, hein ?
- Ce sont les prix ordinaires à Paris.
- Et ben vivement les prix extraordinaires ! râla Lucien en payant l'addition, sans laisser de pourboire afin de signifier tout son mécontentement quant aux pratiques de la capitale.

Les trois compères quittèrent l'enseigne au son d'un « Radins ! Ploucs ! » auquel ils ne prêtèrent que peu d'attention. Ne sachant où aller, ils se laissèrent porter par la foule qui les fit dériver naturellement jusqu'à l'entrée du métro la plus proche. A l'approche de l'orifice, l'air devint plus chaud. Régurgitant et ravalant incessamment les voyageurs, la bouche impressionnait grandement les trois savoyards, plus habitués à gravir des sommets qu'à s'enfoncer sous terre.

S'engouffrant malgré tout dans cet enfer, ils découvrirent bientôt un espace étroit au moins autant fréquenté que la gare.

L'odeur était plus nauséabonde encore qu'à la surface, bien qu'aucun d'entre eux n'eut pu l'imaginer avant de le constater, et la masse humaine semblait plus compacte en se faufilant dans le dédale des couloirs souterrains.

Pourtant, leur tout récent baptême de foule s'avéra porter ses fruits puisqu'ils ne cédèrent pas, cette fois, à la panique. Calquant leurs pas sur le rythme effréné des parisiens, ils déambulèrent le long des galeries souterraines, laissant errer leur regard sur les nombreux étals qui bordaient leur chemin. Encadrant le défilé des usagers, de petites boutiques s'alignaient le long des murs, les unes vendant des chaussettes, les autres des cosmétiques.

Marie ne put s'empêcher d'interroger une buraliste encastrée dans un kiosque d'environ deux mètres carrés :

- Vous y restez toute la journée, là, dans votre guitoune sous la terre ?
- Ben oui.
- Z'avez bien du courage.
- Je ne vous le fais pas dire.

Alors qu'ils se coulaient dans le flot de voyageurs au gré des interminables couloirs souterrains, Marie pila brutalement, non sans mécontenter les quelques voyageurs pressés derrière elle qui rebondirent sur son imposant derrière :

- Regardez, la sculpture !
- Quelle sculpture ?
- Mais, enfin, la sculpture de la vallée ! Elle est là ! En tout petit !

Effectivement, posées sur une couverture dépliée devant l'embranchement de deux couloirs du métro, des modèles réduits de l'infrastructure métallique à l'origine de toutes les péripéties de nos amis étaient exposés, une étiquette indiquant leur prix accrochée à leurs extrémités. A côté de la couverture, un vendeur à la peau d'ébène, un béret beige à carreaux rouges vissé sur la tête, regardait déambuler les chalands, le regard empli de tristesse. De temps à autre, il baissait les yeux vers ses marchandises, ce qui ne manquait pas de faire couler une grosse larme le long de sa joue.

- Mais qu'est-ce que ça peut bien vouloir dire, ces sculptures miniatures ?
- C'est peut-être des jouets pour les enfants, comme les pistolets en plastique de cow-boy qu'on leur offre parfois ? exposa Lucien qui n'avait pas oublié les conclusions de Jean relatives à la nature militaire de la chose.
- Monsieur, qu'est-ce que vous y vendez là ? demanda Marie.
- Mais des petites tours Eiffel, évidemment. Des petites tours Eiffel en plastique, des petites tours Eiffel en métal, des dorées, des argentées, des colorées, des lumineuses, des qui clignotent, des dans des boules à neige, des qui font de la musique... Le commerce le

plus rentable de la capitale depuis des années, qui vole aujourd'hui en éclats !

Et le vendeur s'effondra dans un sanglot, tandis que Jean murmurait :

- Des tours et fêles. C'est donc une tour ou une fêle qu'on y a dans la vallée.
- Mais non, la tour Eiffel ! Du nom de son créateur, Gustave Eiffel ! Pas des tours et des fêles ! le reprit le vendeur avant de se laisser aller à nouveau à son chagrin.

Marie s'empressa de lui tendre un gros mouchoir en tissu qui n'en était pas à sa première intervention. Son instinct maternel reprenant le dessus, elle le consola :

- Allons, monsieur, ce n'est pas la peine d'être désagréable. On y connait pas nous. Et puis faut pas vous-y mettre dans un état pareil. Dites-nous donc vos malheurs. Raconter ses problèmes, c'est déjà les résoudre à moitié parce qu'ils y ont l'air plus petits quand ils sont dits que quand on y pense tout seul dans sa tête.
- Vous êtes bien gentille, Madame, mais vous n'avez pas le temps pour écouter les malheurs d'un vendeur ambulant au chômage.
- Mais si, voyons, on a toujours le temps pour prêter l'oreille à une âme en peine.
- Tenez, buvez donc un coup de gnôle, ça va vous y remettre d'aplomb et vous délier la langue pour vider votre sac, renchérit Jean en lui tendant une flasque.

L'homme avala une grande rasade du breuvage qu'on lui tendait, ce qui lui tordit la bouche.

- Et ben, c'est un sacré tord-boyaux que vous avez là. Enfin, puisque vous semblez avoir du temps pour écouter ma complainte et que, désœuvré que je suis, j'ai du temps pour vous la conter... Jusqu'à dimanche dernier, j'étais le plus heureux des hommes, à vendre mes petites tours Eiffel. Un commerce chronophage mais rentable qui me permettait de nourrir toute ma petite famille. C'est que j'ai deux femmes et quatre petites filles à nourrir. Deux ex-femmes, hein. Les types qui pratiquent la polygamie, je les comprends pas. Déjà, en supporter une... Je ne parle pas pour vous, Madame, on voit tout de suite que vous n'êtes pas comme ça et que vous êtes quelqu'un de bien.

Marie, peu familière des gentillesses, rosit à ses commentaires. A ses côtés, Jean hochait la tête de gauche à droite :

- On voit que vous n'y vivez pas avec toute l'année et toutes les années !
- Eh l'Jean, arrête z-y donc de faire ton intéressant et laisse le monsieur finir, le coupa Marie
- En tout cas, j'ai six bouches à nourrir. Et si encore je n'avais que ces six bouches à remplir... je m'en sortirais peut-être. Mais j'ai aussi un loyer exorbitant pour vivre dans une cage à lapin dans le XXème, au-dessus d'une boîte de nuit dont les habitués ont renoncé à la décence il y a longtemps et en face d'un restaurant chinois dans lequel disparaissent parfois

des gosses chargés de sacs poubelles qui laissent échapper les miaulements endormis de chatons sacrifiés sur l'hôtel du nem. Enfin, on va dire qu'il faut bien que les gens qui travaillent dans l'immobilier puissent vivre. Et s'ils vivent à Paris, croyez-moi, il leur en faut beaucoup, de l'argent. Bon, je ne suis pas un râleur, moi, dans le fond, je suis un combatif. Alors je travaille tous les jours. Surtout les dimanches, les jours fériés et pendant les vacances que je ne peux pas offrir à mes gamines. C'est là qu'il y a le plus de touristes et le touriste, c'est mon fonds de commerce à moi. Vendre des tours Eiffel, c'est tout ce que je sais faire. Tout petit déjà, j'accompagnais mon père aux Champs pour vendre des tours Eiffel.

Devant la mine interrogative des trois savoyards, le vendeur précisa :

- Aux Champs-Elysées, hein, c'est une grande avenue. Parce que je vois bien à vos têtes que vous êtes en train de m'imaginer ramassant des poireaux. Vous savez, c'est aux Champs que ça se vend le plus, les petites tours Eiffel, au pied de la grande, de la vraie. Les gens venaient de loin pour la voir, ils faisaient une photo devant et puis, hop, ils nous en achetaient une petite, à mon père et moi, pour garder, comme ça, en souvenir. Peut-être pour la poser sur le coin de leur cheminée, histoire de montrer aux autres qu'on aime bien monter à la capitale. Ceux avec qui ça marche le mieux, c'est les asiatiques, ils en ramènent pour tous leurs ascendants, leurs descendants et leurs collatéraux qui sont restés se coltiner l'usine parce qu'ils n'ont pas pu se payer le voyage ou prendre de vacances... D'ailleurs, quand on y pense, c'est un peu ironique, parce que parmi tous ces gens qui n'ont pas pu venir en France, si ça se trouve, y en a qui fabriquent mes petites tours Eiffel dans leurs usines, vous savez... Mais bon, c'est la vie. Et comme je le dis toujours, l'ironie du sort c'est ce qui rend l'existence un peu plus piquante, un peu moins ennuyeuse. Enfin, en tout cas, même si les asiatiques sont de bons clients, le vrai jackpot, dans la vente de tours Eiffel, c'est les familles. Un gamin, c'est toujours attiré par ce qui brille. Et puis, nos petites tours Eiffel, posées sur notre couverture, juste à la hauteur de leurs yeux... là il suffit d'en allumer une qui clignote en faisant un clin d'œil au gosse et c'est lui qui fait votre boulot auprès des parents. Toutes les meilleures méthodes du marketing y passeront s'il le faut, un major d'HEC[30] serait jaloux : la demande, la contrepartie, la supplication. Ça vous vante la qualité du produit comme vous n'auriez même pas osé le faire, le cadeau en moins qu'il demandera pas à son prochain anniversaire, l'amélioration de sa vie qui en résulterait... le caprice, la menace, l'ultimatum, tout y passe ! Et les parents finissent toujours par craquer, quelques billets pour avoir la paix quelques minutes. On vit dans un monde dirigé par les enfants vous savez, et j'en veux pour preuve qu'ils sont les cibles privilégiées des publicités. Mais le mieux du mieux,

---

[30] Ecole qui vend des diplômes à ses élèves pour attester que ces derniers sont capables de vendre n'importe quoi à n'importe qui...

c'est quand y a un p'tit frère ou une p'tite sœur. Parce que si vous arrivez à avoir un petit frère ou une petite sœur, le grand voudra aussi sa propre tour Eiffel...

Le vendeur s'interrompit un instant, avant de conclure dans un haussement d'épaules :

- Enfin, tout ça, c'est fini maintenant.
- Parce que vous ne travaillez plus aux champs ? s'enquit Lucien.

L'homme le fixa comme s'il venait de dire la chose la plus saugrenue qu'il n'ait jamais entendue. Mais l'innocence naïve de Lucien, qui transparaissait dans toute son attitude, le convainquit qu'il posait la question honnêtement. Alors il entreprit d'expliquer :

- Non, je n'y travaille plus parce qu'elle a disparu, la tour Eiffel ! Vous ne lisez pas les journaux ? Volée, samedi dernier, pendant la nuit. Ils ne savent pas comment, ils ne savent pas pourquoi. Des rumeurs disent que quelques jours plus tôt, l'armée a réussi à se faire voler un hélicoptère capable de soulever l'équivalent du poids de la tour Eiffel, et que c'est sûrement comme ça qu'elle a été sortie de Paris. Mais bon, ce sont des rumeurs. En même temps, le gouvernement a plutôt intérêt à ce que tout le monde ne sache pas que d'illustres inconnus ont réussi à voler un engin militaire hyperpuissant... Alors, même si c'était vrai, ils ne le crieraient pas sur tous les toits... A mon avis, c'est un coup des terroristes pour nous mettre à genoux. Ils vont la briser comme ils ont anéanti les bouddhas de la vallée de Bâmiyân.

Déjà, les attentats dans les musées, au printemps dernier, ça aurait dû nous mettre la puce à l'oreille. C'est la culture qu'on anéantit ! Quoi qu'il en soit, moi, c'est toute ma vie qu'ils ont volée en prenant la tour Eiffel ! Et détruire un symbole national…

- Mais elle n'est pas détruite, votre tour Eiffel, lui dit Lucien.
- Nous on sait où qu'elle est, renchérit Jean.

Le vendeur ambulant s'interrompit, interloqué :

- Où elle est quoi ?
- Ben, la tour Eiffel, la grande. Elle est chez nous, expliqua Lucien.
- Comment ça, elle est chez vous ? C'est où, chez vous ?
- C'est dans les Bauges, le renseigna Marie.
- Qu'est-ce que c'est que ça, les Bauges ? Une nouvelle banlieue ? demanda le marchand.
- C'est dans les montagnes, dans les Alpes, précisa encore cette dernière.
- Et la tour Eiffel est là-bas ?
- Parfaitement, répondirent les savoyards à l'unisson.
- Vous êtes en train de me dire que vous trois, là, vous savez où se trouve l'objet que toutes les polices de France cherchent désespérément depuis quatre jours ? Ce qui signifie que, vraisemblablement, vous êtes les seuls à le savoir. Vous ne seriez pas en train de vous payer ma tête, par hasard ? Parce que, vous savez, se moquer d'un homme triste, c'est s'attirer le

mauvais œil. Alors, si j'étais vous, je ne tirerais pas partie de mon malheur aussi cruellement !

- Pourquoi qu'on y mentirait ? Hier matin, le Lucien est allé emmener ses chèvres dans une petite vallée derrière chez nous et a pris la peur de sa vie en voyant cette monstrueuse ferraille qui nous-y gâche le paysage au moins autant qu'une station de ski pour parigots. Sans vouloir vous offenser, hein, Monsieur le Parisien. Enfin bref, on y a cru que c'était un sale coup de l'armée qui nous y avait installé une arme dans notre vallée pour tous nous faire du tort, mais l'Amédée, qu'a la télévision par satellite, nous a expliqué qu'il l'avait déjà vue, à Paris. Donc, nous voilà, conclut simplement Jean.

- Vous rigolez ? Vous voulez dire qu'on a retrouvé la tour Eiffel ? Pour de vrai ? Mais c'est fantastique ! s'enthousiasma d'un coup le vendeur en passant des larmes au rire. C'est le cinquième plus beau jour de ma vie ! Ah, venez là que je vous embrasse !

Joignant le geste à la parole, le vendeur s'empressa de serrer contre lui les trois savoyards en leur collant de gros baisers sonores sur les joues, les laissant un peu surpris de cette soudaine effusion d'affection. Toute trace de tristesse avait disparu de son visage, désormais fendu d'un grand sourire qui découvrait une dentition immaculée.

- Incroyable ! Ils ont retrouvé la tour Eiffel ! Et si elle est toujours entière, ça veut dire que tôt ou tard, ils vont la ramener sur Paris et les affaires reprendront !

Ma vie n'est pas fichue ! Mon stock n'est pas perdu ! Faut qu'on aille fêter ça, mes amis !

- Ce serait avec plaisir, monsieur, mais c'est que nous devons y rejoindre un hôtel pour la nuit et trouver un endroit où manger... refusa poliment Lucien dont l'estomac ne se contentait pas des trois bouchées de tome précédemment ingurgitées.
- Vous êtes fous, je ne vais pas laisser les porteurs d'une si bonne nouvelle dormir dans un hôtel miteux et hors de prix ! Il n'y a que ça à Paris, vous savez. Vous allez venir chez moi ! Enfin, non, pas chez moi dans ma chambre de bonne, on tiendrait pas. On va aller chez Solange. Laissez-moi l'appeler, qu'elle rajoute quelques couverts à son colombo. C'est ma première ex-femme, elle vient des Antilles et, comme son pays lui manque, elle ne mange que des plats de là-bas. Ma cage à lapin est trop petite, mais Solange est toujours d'accord pour me rendre service quand j'en ai besoin. Et puis je dors souvent chez elle. On se rabiboche parfois, en souvenir du bon vieux temps où nous étions mariés.
- C'est très gentil, mais nous ne voulons pas vous déranger, Monsieur, s'empressa d'objecter Lucien.
- Déranger ? Mais vous ne me dérangez pas du tout ! Ça me fait plaisir ! Et puis on pourra trinquer à la bonne nouvelle avec une petite bouteille de rhum arrangé, Solange en a toujours quelques-unes qui trainent dans le salon. Suivez-moi, c'est par là.

Le vendeur de tours Eiffel les mena jusqu'à une borne pour acheter des tickets de métro et les invita à les valider tandis que lui-même enjambait rapidement le tourniquet. Il les entraîna jusqu'au quai où il profita de l'attente de la rame suivante pour leur montrer comment lire le plan du métro et se repérer dans Paris :

- Paris, ce n'est pas très compliqué, vous savez. Régulièrement, il y a des bouches de métro, comme celle que vous avez empruntée pour descendre ici. Si vous êtes perdus, suffit de descendre dedans et de regarder le plan avec toutes les lignes. Là, on va prendre la 13, Solange habite à Saint-Ouen...
- Ça veut dire qu'on va sortir de Paris ? interrogea Lucien, plein d'espoir.
- Oui, mais ce n'est pas très loin, vous verrez.
- Ça, c'est une bonne nouvelle, c'est que j'y aime pas trop Paris, vous savez.
- C'est normal, ça fait toujours ça aux provinciaux. Mais la ville a son charme.
- Je la trouve quand même moins charmante que mes montagnes...
- Ah, ça, forcément, si vous aimez la verdure, c'est pas ici que vous allez trouver votre bonheur. Encore qu'il y a quelques parcs et jardins qui valent le détour. Evidemment, ce n'est pas la nature sauvage...

La conversation fut interrompue par l'arrivée de la rame. Les quatre compagnons entrèrent tant bien que mal dans un compartiment déjà trop plein. Jean, le plus petit d'entre eux, était celui qui souffrait le plus de la proximité avec les autres voyageurs : il avait littéralement le nez coincé sous les aisselles humides d'un jeune homme boutonneux qui ne semblait pas plus gêné que ça d'imposer ses effluves corporels à un inconnu. Au gré des stations, le métro se vida peu à peu et, finalement, ils purent tous les quatre s'asseoir ensemble dans un concert de soupirs de soulagement.

- C'est tous les jours comme ça ? s'enquit Marie.
- Ah non, souvent c'est pire et je ne peux pas m'asseoir du tout.
- Z'avez vraiment bien du courage, vous, les parisiens. Au fait, je crois que nous ne nous sommes pas présentés, lui, c'est le Jean, mon mari, lui, c'est le Lucien et moi c'est Marie.
- Leclerc, ravi de vous avoir rencontrés !
- C'est pas courant comme prénom, Leclerc. C'est à cause du général ?
- Précisément. Souvent, les gens pensent que c'est à cause du supermarché, ce qui est un peu décevant quant à la nature humaine... En fait, mon père a choisi ce nom. Ma mère perdait tranquillement les eaux dans le taxi qui les emmenait à l'hôpital du XIVème, l'hôpital La Rochefoucauld, quand mon père a lu sur une plaque « avenue du général Leclerc ». Peu familier de l'histoire et arrivé peu de temps auparavant de son Togo natal, il s'est dit que ce serait bon pour mon intégration de porter le prénom d'un général suffisamment glorieux pour donner son nom à une avenue. Ma mère était trop occupée à me

donner la vie pour stopper ses divagations et voilà comment j'ai hérité de ce prénom qui a au moins le mérite d'être original. Ah, c'est là qu'on descend, venez !

Deux couloirs plus tard, le quatuor impromptu regagna la surface. La déception se lisait sur le visage de Lucien qui regardait les immeubles environnants :

- Ça ressemble drôlement à Paris, Saint-Ouen...
- Peut-être, mais les gens sont beaucoup plus sympas, vous savez. Tenez, c'est là.

Deux coups de sonnette et quatre étages sans ascenseur plus tard, une toute petite femme élancée vêtue d'une longue robe en laine colorée leur ouvrit la porte.

- Ah là là Leclerc, faut toujours que tu m'amènes à l'improviste des amis venus d'on ne sait où faire je ne sais quoi ! Et que tu me préviennes à la dernière minute, comme si j'avais dans ma marmite suffisamment pour nourrir tes enfants et une poignée d'inconnus affamés. Et encore, là, je peux m'estimer chanceuse, tu me l'as dit avant d'être sur le seuil de la porte...
- On ne veut pas vous déranger, Madame, on peut repartir, s'empressa d'assurer Lucien.
- Mais non, maintenant que vous êtes là et que j'ai rajouté du riz dans la casserole... Je dis ça pour lui, vous savez. Venez, entrez donc, c'est pas bien grand, mais quand il y a de la place pour quatre, il y en a pour sept.

L'appartement était étroit mais l'espace était utilisé de manière optimale, ce qui permit à chacun de s'installer autour de la table basse en osier. Les murs jaunes couverts de lézards en bois et de photographies agrandies de paysages martiniquais lui donnaient un air ensoleillé qui pouvait vaincre toutes les déprimes du monde. Le canapé et les petits fauteuils étaient recouverts de tissus à motifs madras où dominaient l'orange et le rouge. Les portes donnant sur le salon étaient toutes recouvertes d'autocollants représentant des fleurs exotiques colorées. Après la grisaille parisienne, les trois savoyards se sentirent immédiatement à l'aise. Et le sourire de Solange qui s'empressa de leur servir à chacun un ti punch en posant sur la table deux grands plats emplis d'accras acheva de les décontracter.

Ils n'avaient que rarement bu du rhum, et jamais avec seulement du sucre et un quartier de citron vert, pas plus qu'ils n'avaient eu l'occasion de goûter ces beignets épicés. Mais toutes ces saveurs nouvelles les ravirent et Marie se découvrit une véritable passion pour cette nouvelle boisson dont elle eut tôt fait de descendre sa part. Heureusement, la coutume voulait qu'à chaque fois que le précieux liquide venait à manquer, leur hôtesse remplissait à nouveau leur verre :

- Vous verrez, plus on en boit et meilleur c'est. Le sucre fond, le citron se mélange au rhum... C'est un peu les Antilles dans la bouche.

- En tout cas, j'ai le gosier chaud comme s'il y avait pris un coup de soleil ! précisa Marie en levant son verre aux Antilles.
- C'est normal. Alors, vous êtes de vieux amis de cet énergumène de Leclerc ?
- Non, pas du tout, répondit Jean, nous venons de le rencontrer.

Tous contèrent à tour de rôle la rencontre en précisant à Solange où se trouvait la tour Eiffel. Celle-ci mesura rapidement l'ampleur de la révélation. Bon public, elle ne cessait de taper dans ses mains en répétant : « Ce n'est pas croyable, ça, la tour Eiffel à la montagne ! ».

La discussion eut surtout pour intérêt d'aboutir à un plan d'attaque pour le jour suivant. Avec moult réticences, les savoyards acceptèrent de suivre le conseil de Solange et Leclerc et d'aller déposer une déclaration au commissariat. En effet, ils se méfiaient des policiers qu'ils n'avaient jamais eu l'occasion de côtoyer dans leur village isolé. Les seuls témoignages à leur sujet qui étaient parvenus à leurs oreilles venaient de leurs propres aïeuls, souvent trahis ou molestés par les képis pendant la guerre quelle que soit la couleur de leurs uniformes.

La suite de la soirée fut essentiellement focalisée sur des descriptions de la Martinique et des Alpes. Au moment de passer à table, deux petites filles dont la timidité était aux antipodes de l'extravagance de leur père les rejoignirent. Elles disparurent à la fin du repas aussi subrepticement qu'elles étaient apparues. Enfin, après deux tournées de café accompagnées de rhum arrangé, les convives estimèrent qu'il était amplement temps de dormir. Le canapé clic-clac fut rabattu en position couchage, oreillers et couvertures en abondance furent extraits de son bac et Solange sortit un petit matelas de dernière une armoire. Leclerc et elle s'en allèrent dans la chambre de Solange. Quelques minutes plus tard, tout le monde s'endormait du sommeil du juste.

DERNIER INTERLUDE

L'ouvrier communal de Pluduno demeurait immobile face à sa mairie depuis une bonne dizaine de minutes. Une nouvelle façade en bois bleu cyan portant en lettres d'or l'inscription « LA COMEDIE ITALIENNE » recouvrait l'ancienne. C'était comme si le célèbre petit théâtre parisien de la Commedia dell' Arte s'était téléporté en Bretagne. Il soupçonnait évidemment une blague des quelques jeunes du village qui se revendiquaient anarchistes et qui auraient ainsi voulu souligner la vacuité des débats politiques. Mais l'ensemble était finalement assez joli et il rechignait un peu à le décrocher, comme l'ordre lui en avait été donné. Il décida de reporter ce travail à la semaine suivante, lorsque son collègue serait revenu de ses congés. D'ici là, peut-être que le conseil municipal aura finalement décidé de conserver cet habillage coloré ?

8.

Jean, Marie et Lucien s'étaient levés de bonne heure, peu habitués qu'ils étaient à la cadence infernale des klaxons parisiens. Le temps que Leclerc et Solange émergent, le canapé avait retrouvé sa forme originelle, le matelas de Lucien était rangé derrière l'armoire et les draps, repliés. Seule trace de leur passage, l'odeur de rhum qui refusait de quitter la pièce malgré la fenêtre ouverte. A leur réveil, leurs hôtes trouvèrent les trois savoyards en train de faire petit déjeuner les filles. Ils firent couler un café salvateur qui effaça une partie des affres de la veille. Il fut convenu d'aller signaler au commissariat le plus proche la présence de la tour Eiffel dans les Alpes. Leclerc mena donc les trois Savoyards à travers Saint-Ouen jusqu'à une ruelle désertique, devant une porte vitrée austère surplombée par une enseigne grisâtre indiquant « Police nationale ».

- Il est pas facile à trouver, votre commissariat, remarqua Lucien.
- C'est que, par ici, les flics, moins ils se font remarquer, moins ils ont d'emmerdes, expliqua Leclerc en poussant la porte qui produisit un grincement assourdissant témoignant de son peu d'usage.

La surprise se lisait dans les yeux de la policière chargée de l'accueil, peu habituée à recevoir de la visite si ce n'est celle de touristes hollandais égarés à la recherche de toilettes gratuites.

- Vous désirez ? s'enquit-elle.
- Déposer, Madame la policière, répondit Jean. C'est qu'on y a retrouvé la tour Eiffel.
- Ah, ah, très drôle. Je ne vous raccompagne pas, vous avez trouvé le chemin pour entrer, vous le retrouverez pour sortir.
- Mais c'est très sérieux, défendit Leclerc. La tour Eiffel, emblème de Paris, bagatelle de 300 mètres que vos services très compétents ne parviennent pas à retrouver, se trouve désormais à proximité du village de mes amis ci-présents. Si vous ne me croyez pas, vous pouvez aller constater par vous-même. Malheureusement, cela risque de prendre un peu de temps puisqu'elle est dans les Alpes et, d'ici que vous reveniez, nous serons probablement allés porter cette sainte nouvelle auprès d'un agent de police à l'oreille un peu plus affûtée. Ainsi, celui-ci bénéficiera de toute la gloire qui rejaillira nécessairement de ce témoignage et vous pourrez croupir à Saint-Ouen jusqu'à la fin de votre carrière... Est-ce là toute votre ambition ?
- Avez-vous la moindre preuve de ce que vous avancez ?
- C'est-à-dire que, ces messieurs-dame auraient bien aimé vous apporter un petit morceau de tour Eiffel pour prouver leurs dires. Malheureusement, le fer puddlé résiste plutôt bien aux coups de canif et mes

amis avaient oublié leur tronçonneuse à métal lorsqu'ils l'ont découverte.
- Vous voulez peut-être me faire croire que ces personnes sont dépourvues de smartphone et ne pouvaient pas prendre une photo ?
- Aussi difficile à croire que ce soit pour vous, qui êtes employée par un organisme disposant toujours des dernières avancées technologiques, oui. Je crois que vous travaillez toujours sur Windows 98, non ? Enfin, c'est un de mes amis qui fait le nettoyage dans vos locaux qui me racontait ça. Mais, vous rougissez, j'imagine que c'est vrai...
- Si vous aviez reçu un ballon de baudruche gonflé d'eau sur la tête lors de votre dernière intervention d'urgence pour une soi-disant alerte à la bombe, vous aussi, vous seriez méfiants. Enfin, après tout, si vous mentez, c'est vous qui aurez des problèmes.

Sur ce, la policière invita ses quatre interlocuteurs à s'installer sur les quelques chaises bancales qui constituaient l'intégralité du mobilier de la pièce, en dehors de son bureau protégé par une vitre en plexiglas dont on pouvait douter de la résistance en cas d'attaque à main armée. Sans les lâcher des yeux, elle énonça dans son talkie-walkie : « J'ai un code jaune, quatre individus ».

En entendant ces mots, Leclerc se redressa vivement :
- C'est quoi un « code jaune » ? On est pas des terroristes, hein ! Nous on vient ici pour vous rendre service et, je vous préviens, il est hors de question que

je passe ne serait-ce qu'une heure dans une de vos cellules dégoûtantes comme le premier vendeur de shit venu ! Bon sang, c'est vraiment jamais une bonne idée de sonner chez vous !

- Calmez-vous, Monsieur. Le « code jaune » est simplement un dispositif mis en place pour alerter plus rapidement qui de droit de toute information en lien avec le « gang des voleurs de monuments ».

Loin d'être rassuré, Leclerc se rassit entre ses amis qui s'inquiétaient de plus en plus de la tournure des évènements. A l'exception notable de Jean, qui leur chuchotait qu'il n'avait pas peur des cognes et qu'il voulait bien frapper une femme pour leur permettre de s'enfuir si cela s'avérait nécessaire.

Quinze minutes passèrent ainsi, uniquement ponctuées par le tapotement régulier de l'agent de police sur son clavier. Puis, soudain, une sirène hurlante déchira les airs et des crissements de pneus se firent entendre dans la rue. Huit policiers armés surgirent dans le commissariat, quatre d'entre eux mettant en joue les infortunés compères tandis que les autres les menottaient rapidement. Ils n'avaient pas eu le temps de prononcer le moindre mot qu'on les poussait déjà dans une fourgonnette, encadrés chacun par deux gardiens. Alors que le véhicule démarrait en trombe, sa sirène toujours allumée, Jean coupa la parole à Leclerc qui s'apprêtait à protester pour énoncer sagement :

- Nous avons le droit d'y garder le silence, nous ne parlerons qu'en présence d'un avocat.

- C'est ça, on verra si vous tenez le même discours devant le ministre, répondit l'un de leurs tortionnaires.

Jean s'empressa d'apposer un doigt sur ses lèvres, sa seconde main suivant grotesquement la première en raison des menottes, intimant le silence à ses camarades qui, faute d'une autre stratégie, se turent. Dans un nouveau crissement de pneus, le véhicule s'arrêta peu de temps après, avec toute la délicatesse dont savent faire preuve les pilotes de course.

- Eh ben, au moins, on sait où passent nos impôts : dans les achats de pneus de la police, ne put s'empêcher de laisser échapper Leclerc.

La portière latérale de la fourgonnette glissa sur son rail et les quatre interpellés durent franchir une porte dérobée les amenant sur la façade arrière de l'hôtel Beauvau.

- Bon sang, mais c'est qu'il a pas menti, on va rencontrer le ministre ! constata Leclerc, mi- amusé, mi-inquiet. Quand je vais raconter ça à Solange, elle va pas y croire !

Sans ménagement, les entravés se virent enjoints de traverser un jardin dont la qualité d'entretien faisait visiblement envie à Lucien. Ce dernier avait beau s'acharner des heures durant sur son potager, il ne parvenait jamais à obtenir de belles plantations bien droites. Sans leur laisser le temps de contempler les lieux, leurs gardiens les emmenèrent à l'intérieur. Ils furent escortés le long d'interminables couloirs donnant sur des portes fermées ornées de petites plaques indiquant toutes sortes de fonctions dont ils n'avaient jamais entendu parler : « *divisionnaire en charge des crimes de droit commun* », « *intendante aux questions de discriminations non liées aux opinions* », « *conciliateur inter-service* », « *coordinatrice aux affaires courantes* », « *concepteur pédagogique aux affaires de justice impliquant des mineurs isolés* », « *chargée de mission à la planification des réunions des instances dirigeantes de la police nationale* », « *chargé d'études à la statistique non ethnique* », « *bureau de détermination des priorités de l'action publique* », « *chargé de la communication inter-direction* », « *directeur de la modernisation et de l'efficience de l'activité policière* », « *gestionnaire transversale des emplois et des compétences* »... Ils s'arrêtèrent finalement devant une porte portant l'indication peu flatteuse « *sous-assistante du directeur général de la police nationale* ».

A l'intérieur, une quadragénaire au chignon tiré et vêtue d'un tailleur noir les reçut sans un sourire. Ils se tenaient debout, encadrés par les policiers venus les chercher, face au bureau.

Elle les interrogea brièvement, le visage impassible comme seuls les fonctionnaires de l'Etat savent l'arborer. Ils donnèrent tant bien que mal quelques indications géographiques et quelques détails sur la découverte de la tour Eiffel dans la vallée du Trélochaz, puis ils furent conduits, à la demande de l'occupante du bureau, dans une petite pièce attenante fermée à clef, où ils patientèrent seuls trois bonnes heures en chuchotant leurs craintes sur le traitement qui allait leur être réservé.

Seule Marie répétait, dans une sorte de litanie qui ressemblait presque à une prière « Ils ne peuvent rien nous faire, on y a rien fait de mal. Ils ne peuvent rien nous faire, on y a rien fait de mal. Ils ne peuvent rien nous faire... ».

La porte s'ouvrit soudain pour laisser entrer l'un des policiers qui les avaient amenés place Beauvau suivi d'un inconnu ventripotent dont le costume et le port de tête criaient au monde entier les hautes fonctions qui pesaient sur ses épaules. Son visage était tout sauf sympathique. Ses sourcils broussailleux froncés évoquaient un corbeau colérique qui vient d'être délogé de sa branche pendant sa sieste. Sa bouche pincée traduisait son mécontentement. Après avoir jeté un œil au quatuor improbable qui se tenait devant lui, il s'adressa directement à leur escorte :

- Alors, ce sont eux qui ont volé la tour Eiffel ? Vous ne vous ficheriez pas un peu de moi ?
- Ah non, on l'a pas volée, on l'a retrouvée ! s'indigna Lucien, qui n'avait encore jamais été traité de voleur par personne. Et on en veut pas, d'ailleurs, de votre tour Eiffel. On trouve la vallée bien plus jolie sans ! Notre seul tort, c'est d'y avoir voulu faire une déposition dans un commissariat pour dire où qu'elle est, votre tour Eiffel hideuse. Et si vous ne voulez pas nous y entendre, on ne demande qu'à rentrer chez nous, nous.

Ne perdant pas le nord, le ministre de l'intérieur s'empressa de demander :

- Quel commissariat ?
- Saint-Ouen, rue Dieumegard, Monsieur, répondit Leclerc, visiblement trop heureux de voir les menaces qu'il y avait proférées en passe d'être mises à exécution.
- Bien, libérez ces personnes et installez-les dans mon bureau. Je veillerai à prendre personnellement leur déposition. Et appelez donc le commissariat de la rue Dieumegard à Saint-Ouen pour leur dire qu'ils recevront un courrier de ma part dans la semaine pour les remercier de la manière dont ils traitent les usagers.

Le ministre de l'intérieur sortit et le policier détacha les quatre compères en bafouillant ses plus plates excuses. Il les guida ensuite à travers une nouvelle myriade de couloirs aux murs tapissés de portraits jusqu'à un grand bureau boisé où les sièges qu'on leur proposa s'avérèrent incontestablement plus confortables que les chaises en plastique de la pièce précédente qui avait fait office de cellule de détention provisoire. Fermant soigneusement la porte derrière lui, le policier les abandonna alors.

- Et ben, pas fâché d'avoir les mains libres, constata Leclerc.
- J'ai faim, se plaignit Lucien. Les émotions, ça m'y creuse toujours l'estomac.
- Il reste du saucisson ou de la tome ? demanda Jean à sa femme.

Marie s'empressa de sortir les victuailles restantes de son sac.

Quelques instants plus tard, le bureau ministériel s'était transformé en aire de pique-nique. Un reste de tome des Bauges trônait sur le secrétaire placé derrière les chaises rembourrées des convives, une bouteille de vin entamée menaçait de se renverser sur le tapis beige et un concert de masticatations emplissait la pièce. Chacun se servait copieusement en saucisson, fromage et boisson, alternant les mets. Leclerc ne cessait de pouffer à l'idée de narrer à ses amis son repas tiré du sac dans le bureau du ministre.

Lorsque ce dernier entra, un éclair de stupéfaction traversa son visage qui reprit rapidement cette expression neutre commune à tous les politiciens du monde. Les restes du déjeuner improvisé furent rapidement rangés dans la besace de Marie et chacun s'employa à avaler le plus vite possible ce qui lui restait dans la bouche.

Le ministre de l'intérieur s'installa à son bureau, s'éclaircit la voix et s'adressa à un Lucien intimidé :

- J'ai cru comprendre que la tour Eiffel se trouve chez vous. Où vivez-vous ?
- Nous venons d'Aillon-le-Neuf, dans la montagne. Et la tour Eiffel est dans la vallée du Trélochaz, derrière le village.
- Depuis quand ?
- On l'y a vue pour la première fois mardi, au petit matin.

- Nous sommes jeudi. Pourquoi n'avez-vous pas jugé utile d'avertir les autorités plus tôt ?
- C'est à dire que nous, on y savait pas que c'était la tour Eiffel.
- Vous êtes français, n'est-ce pas ? interrogea l'occupant de la place Beauvau en jetant un regard appuyé à Leclerc.
- Tout ministre que vous êtes, je vous y permets pas de douter qu'on y est français ! s'indigna Jean. C'est à cause de ce que la France a voulu qu'on y est français depuis 1860[31] ! D'abord vous vous servez de notre chez-nous comme d'une poubelle pour y jeter votre espèce de sculpture grisâtre et rouillée, ensuite vous nous traitez comme des voleurs et maintenant vous nous accusez de pas y être autant français que vous !
- Pardon, Monsieur, je ne voulais pas vous offusquer. Mais, si vous êtes français, comment cela se fait-ce que vous ne sachiez pas reconnaître la tour Eiffel ?
- Et voilà, avec vous, les parisiens, c'est toujours pareil, répondit Marie. Dès que ça se passe à Paris, le monde entier devrait être au courant. Mais quand ça y concerne ailleurs, y a pas un parisien qu'est au courant. Je vous demande, moi, si vous êtes capable

---

[31] Traité de Turin, annexion à la France du duché de Savoie et du comté de Nice qui dépendaient jusqu'alors du royaume de Sardaigne. Notons que les indépendantistes savoyards contemporains contestent la validité de ce traité qu'ils estiment caduc depuis 1940, la déclaration de guerre de l'Italie à la France ayant suspendu les traités et accords conclus antérieurement entre ces deux pays.

de reconnaître les dents de Lanfon[32] de la dent du Chat[33] par temps de brouillard ? Te vexe pas, hein, Leclerc, je dis pas ça pour toi.

- Je vois. Pardonnez-moi si je vous ai semblé insultant, énonça calmement le ministre, c'est que je suis un peu à cran en ce moment, avec toute cette histoire. Et mes services ne sont pas aussi efficaces qu'ils devraient l'être, ce qui s'avère… agaçant.
- Ah ça, c'est sûr. Vous savez ce qu'on chante dans la rue, en ce moment ? s'enquit par pure rhétorique Leclerc.

Et il entonna à plein poumons, sur l'air de la célèbre comptine de la mère Michel : « C'est l'gouvernement qu'a perdu la tour Eiffel - Qui crie par la fenêtre à qui la lui rendra – C'est le… ».

- Merci, l'interrompit le ministre. Je pense que nous pouvons revenir à notre affaire, maintenant ? La tour Eiffel se trouve donc près d'Aillon-le-Neuf. Où est-ce exactement ?
- Dans le plus bel endroit du monde, répondit Jean, les Bauges !
- Et où se trouvent les Bauges ?
- En tout cas, c'est sûr que z'êtes pas ministre de la géographie, remarqua Marie. Les Bauges sont dans les Alpes, Monsieur.

---

[32] Montagne savoyarde
[33] Autre montagne savoyarde

Le ministre de l'intérieur s'abstint de relever l'inexistence de la fonction de ministre de la géographie et se contenta de libérer ses invités après les avoir remerciés pour leur apport exceptionnel à l'enquête. Non sans leur avoir intimé de garder secrète la localisation de la tour Eiffel. Il appela ensuite le préfet de Savoie pour qu'il fasse vérifier ces dires.

Chassant d'une main quelques miettes égarées sur son bureau, vestiges du pique-nique de ses étranges témoins, il ne put s'empêcher de sourire. En vingt-quatre heures, son enquête prenait enfin une tournure agréable avec la double perspective de retrouver la tour Eiffel et, peut-être même, de disposer d'une piste sérieuse pour retrouver les voleurs. Sa femme allait être ravie. En effet, il était quelque peu irritable depuis que les journaux se donnaient à cœur joie de souligner l'inefficacité totale de ses stratégies pour retrouver la tour Eiffel, ce « *petit monument de 300 mètres de haut* », « *si facile à glisser sous son blouson le temps de sortir de la capitale* », l'invitant à « *brûler des cierges pour Saint Antoine de Padoue, histoire d'avoir une chance de mettre la main dessus* » ou à « *faire appel à des médiums sans nul doute plus efficaces que ses enquêteurs* ».

9.

A proximité de Genouillac, dans la Creuse, un ancien corps de ferme isolé le long de la départementale 940 et réhabilité en habitation au gré de la disparition de l'agriculture en France faisait l'objet d'une agitation tout à fait inhabituelle.

Pour être tout à fait précis, le terme inhabituel pourrait être remis en question car ce bouleversement était un fait répété régulièrement depuis environ six mois. Auparavant, l'endroit avait toujours été particulièrement calme. Le dernier propriétaire connu de la maison, un parisien retraité, avait rénové l'ancienne exploitation petit à petit tout au long de sa carrière en vue d'y profiter du repos bien mérité des travailleurs qu'on laisse enfin en paix. Malheureusement pour lui, il s'avérait finalement incapable de s'y rendre à l'heure dite car cloué dans un fauteuil roulant par un taxi de la capitale un peu trop pressé.

Ce soir-là, devant la bâtisse aux volets rouges, stationnait une dizaine de voitures et camionnettes qui détonnaient toutes par leur localisation. Un tel fait, pour quiconque connaît l'attrait touristique de la Creuse, mérite d'être relevé. Pourtant, ce florilège géographique d'immatriculations n'était même pas représentatif de toutes les identités locales des protagonistes réunis ce soir-là. Mais un éventuel, bien qu'improbable, passant n'aurait pu s'en rendre compte, puisque les volets de la ferme étaient clos. Comme toujours, depuis six mois. S'il venait à s'agir d'un observateur perspicace, tout au plus aurait-il pu déduire de la fumée qui s'échappait de la cheminée la présence des conducteurs et de leurs éventuels passagers.

Justement, dans l'immense cuisine qui tenait lieu de pièce à vivre, il n'y avait pas que le feu qui fumait. Une personne sur deux avait une cigarette, voire pire, accrochée au bord des lèvres et ne la quittait que pour boire un peu de vin ou crier plus fort que son voisin. Les discussions allaient bon train et si, a priori, tout le monde parlait français, de forts accents régionaux dignes des pires reportages diffusés sur France 3 Régions nuisaient parfois à la bonne compréhension des différents interlocuteurs.

L'une des convives était en train d'essayer de s'imposer aux autres, les intimant de l'écouter. Originaire de Niederschaeffolsheim[34], sa prononciation presque germanique s'accompagnait du volume classique réservé à son dialecte, ce qui lui permit de prendre le dessus rapidement :

- Mes amis, nous ne pouvons que nous féliciter de la réussite de notre entreprise ! Qui eut cru que tout se passerait si bien ? C'est pourquoi j'aimerais tous vous remercier d'avoir participé à ce projet qui, à coup sûr, changera la France. Et vous inviter à profiter de la soirée car, comme vous le savez, pour assurer notre sécurité à tous, bientôt arrivera l'heure des adieux. Dès que nous aurons fini de réinstaller toutes ces

---

[34] Est-il utile de préciser au lecteur qu'il s'agit d'un village alsacien ?

œuvres dans nos beaux villages français et nos magnifiques villes de province - qui n'ont désormais plus rien à envier à la capitale - nous nous séparerons. Au moins quelques mois, le temps que ça se tasse. Bref, d'ici là, buvons un coup à notre santé, on l'a bien mérité ! Sundheit[35] !

Trente-huit verres se levèrent en un seul mouvement, faisant perdre à nombre d'entre eux la moitié de leur contenu tant les buveurs étaient enthousiastes, et les discussions reprirent simultanément.

Autour de grandes tables de bois étaient réunis, serrés les uns contre les autres sur des bancs étroits, un corse agité, deux lorrains saouls, trois marseillais grandiloquents, un vendéen discret, deux normandes au teint clair, une poignée de savoyards, une périgourdine, un type des Deux-Sèvres, deux basques au regard sombre, une provençale d'Apt, quelques ariégeois, une bourguignonne accrochée à une bouteille de vin convoitée par quatre ch'tis, un mayennais qui s'obstinait à expliquer à son voisin ardéchois que la Mayenne n'était pas un département d'outre-mer bien qu'il soit métis, une brochette de bretons (ces gens-là ne se déplacent qu'en bande), un jurassien et quelques alsaciens séparés en deux groupes placés respectivement à chaque bout de la table : certains venaient du Haut-Rhin et les autres du Bas-Rhin, or, on ne mélange pas les torchons et les serviettes selon leurs propres dires.

---

[35] Santé (alsacien)

Cette description établie, le lecteur pourra apprécier la cocasserie de l'assistance et le caractère inattendu de leur réunion au beau milieu de la Creuse.

L'aptésienne sortit un journal de sa besace pour le poser sur la table :

- Regardez, je l'ai pris ce matin à Guéret. Apparemment, ils ont réussi là où nous avions échoué : nous trouver un nom. Désormais, nous sommes connus comme le gang des voleurs de monuments. C'est pas mal, non ?

Le vendéen, dont les goûts vestimentaires revendiquaient une appartenance à la haute société, impression confirmée par le fait qu'il finançait la plus grande partie des dépenses de cette étrange association inter-régionale, s'indigna :

- Un gang... On nous prend donc pour une bande de malfaiteurs de petite envergure occupée à effrayer le voisinage dans les banlieues d'une cité à problèmes ! Sans vouloir vous offenser, évidemment, ajouta-t-il à l'adresse des marseillais. Simplement, j'aurais préféré quelque chose de plus élégant...
- Moi j'aime bien l'idée d'être dans un gang, répondit l'une des normandes dont l'opinion semblait remporter le cœur de l'ensemble des convives qui acquiescèrent en silence.
- Et puis, ce serait bien de s'être trouvé un nom avant de nous séparer. Histoire de tous parler de la même chose à nos petits-enfants au coin du feu quand on leur racontera nos aventures, insista le corse.

- Eh bien, puisque nous sommes en démocratie, procédons à un vote, suggéra le vendéen. Qui, autour de cette table, souhaite que nous officialisions l'appellation « gang des voleurs de monuments » ?

Trente-sept mains se levèrent à l'unisson. Les sourcils du vendéen guindé se froncèrent un instant, lui donnant un air outré que ses camarades ne lui connaissaient que trop bien.

- Je suppose qu'un vote secret aboutirait au même résultat ? Aucun, parmi vous, n'a adopté l'opinion du plus grand nombre par peur des représailles ?
- Allez, Philibert, ça te donnera un petit côté rebelle ! argumenta l'aptoise.
- Je constate qu'il ne me reste plus qu'à m'incliner. Mais je n'ose pas imaginer ce que feu mon père aurait pensé s'il avait appris que son fils participe à un gang. Enfin, je suppose que la question ne se pose pas.
- Fantastique, nous avons donc désormais un nom, acta l'alsacienne de Niederschaeffolsheim qui semblait être l'instigatrice des activités.

Et chacun retourna à sa conversation après avoir salué dignement le baptême par une gorgée de vin. Sur le banc le plus proche de l'âtre, l'une des normandes semblait manifester un intérêt tout particulier pour l'un des ariégeois, qui, soit dit en passant, était loin d'être insensible à cette attention à son égard.

- Et c'est joli, les Pyrénées ?
- Oh, mais ce sont les plus belles montagnes du monde ! Des sommets abrupts qui chatouillent le ciel,

des cimes recouvertes de neiges éternelles, des vallées verdoyantes inondées de soleil...
- Je ne connais pas tout ça, moi. Dans ma Normandie, le point culminant est à 400 mètres.
- C'est sûr que ce ne sont pas les 3 400 mètres de notre Aneto. Mais, si tu veux, quand tout ça sera terminé, je pourrais t'y emm...

Le pyrénéen n'eut pas le temps de finir sa phrase que l'un des savoyards qui prêtait l'oreille à la conversation depuis qu'il avait entendu le mot « montagne » ne put s'empêcher de souffler.
- Pfff. Les Pyrénées. 3 000 mètres, quoi.
- Qu'est-ce qu'il a lui ? s'enquit plus ou moins agréablement le pyrénéen.
- Rien, rien, 3 000 mètres, c'est sûr, c'est déjà bien. Mais bon, c'est difficile d'être impressionné quand on a soi-même une vingtaine de mastodontes qui montent à plus de 4 000 mètres... Sans compter que, ton Aneto, il est aux espingouins, il est même pas français.
- Et alors, le mont Blanc, il est pas en Italie, peut-être ?
- Ah non, ça c'est trop fort ! Je ne te permets pas !
- Qu'est-ce qu'il a, le crétin des Alpes, il veut gouter une torgnole à la Foix[36] ?
- Parce que tu crois que tu me fais peur, peut-être ? Tu grimpais à peine par-dessus la barrière de ton parc

---

[36] Préfecture du département de l'Ariège

pour enfant que j'avais déjà fait le mont Maudit[37] deux fois !

Alors que la discussion montait d'un ton à chaque réplique et que les protagonistes frôlaient l'altercation, l'un des alsaciens, un haut-rhinois, décida d'intervenir :

- Allons, Messieurs, les discussions entre possesseurs de montagne ne doivent pas toujours tourner autour de qui a la plus grosse. Toutes sortes de critères doivent être pris en compte pour apprécier la valeur d'un massif. Sa couleur, par exemple, ajouta-t-il à l'attention de la normande. Tenez, Amandine, parce qu'une image vaut mille mots comme disait l'autre[38], sachez qu'en Alsace, nos Vosges sont aussi bleues que vos yeux...
- Ah, ça lui va bien à lui, de venir parler de montagnes avec ses collines ! l'interrompit l'alpin.
- Je ne suis même pas sûr qu'il dépasse les mille mètres, en plus, renchérit le pyrénéen.
- Bien sûr que si ! Le Grand Ballon[39], Messieurs, dépasse largement les mille mètres, gotfertauminoramol[40] !
- Le « Grand Ballon » ! Et voilà, il a tout dit. Sa montagne a la forme d'un ballon. Quand les nôtres s'élancent vers le paradis en perçant les nuages, la

---

[37] Sommet culminant à plus de 4 000 mètres au sein du massif du mont Blanc
[38] Confucius
[39] Altitude du Grand Ballon : 1 424 mètres
[40] Littéralement, « Dieu, damne-moi encore une fois », souvent traduit vulgairement par « Dieu, va te faire foutre encore une fois ».

sienne s'arrondit et s'aplatit jusqu'à ressembler à un ballon.

- Elles sont comme les femmes de ton pays, tes montagnes, plus larges que hautes !

Alors que la Savoie renouait avec l'Ariège dans un éclat de rire qui semblait ne jamais devoir finir, Amandine, sans que l'on ne sache si c'était le compliment de l'alsacien qui l'avait décidée ou si elle était apitoyée par les moqueries dont il venait de faire l'objet, attrapa l'amateur de collines par la main et l'entraîna au premier étage sous les sifflements enjoués des quelques compères qui avaient remarqué le manège.

Pendant ce temps, le mayennais, le corse, et l'aptoise débriefaient la dernière opération qu'ils avaient menée ensemble sur un coin de la table. L'activité avait consisté dans la récupération d'une pièce maîtresse : la statue « Flore » de Maillol, qui représentait une jeune femme debout. Cette dernière trônait derrière eux et ils se disputaient pour savoir qui la porterait jusqu'à la grange où attendaient les nombreux chefs d'œuvre qui devaient être déposés un peu partout aux six coins de la France pour redonner aux provinces la grandeur qu'elles méritent au détriment d'une capitale ombrageuse.

- Personnellement, je crois que j'ai déjà fait ma part pour cette statue, assurait l'aptoise. En tant qu'artificière, c'est tout de même moi qui ai permis de détacher la statue de son socle sans l'abîmer.
- Sauf le pied, lui rappela le mayennais. Enfin, c'est le gauche, peut être que ça lui portera bonheur.

- Plus que bonheur, même, confirma le corse. Elle aura une bien plus belle vue à Piedicorte-di-Gaggio qu'au jardin des Tuileries, devant un ballet incessant de parigots qui ne prennent même pas le temps de l'admirer.
- Tes amis ont pu se procurer un faux certificat de décès pour éviter que le corbillard ne soit contrôlé sur le ferry lors du transport ? interrogea le mayennais.
- Oui, c'est assez facile de se procurer ce type de documents par chez moi. J'ai un oncle médecin qui ne pose pas trop de questions, ça évite à ses patients de devoir mentir.
- En tout cas, mon vieil Ange, si on m'avait dit que le premier corse que je rencontrerai de ma vie aurait peur des explosions... Ah, j'en ris encore, le railla l'artificière.
- Ça va, ça va, tu crois que je ne subis pas assez de moqueries au village ! Je n'y peux rien. Le bruit, la fumée, moi, ça ne me rassure pas ! Et puis, j'ai suffisamment de cousins qui se sont risqués à dynamiter des maisons de parigots où l'effet n'a jamais été celui escompté pour savoir que c'est un jeu dangereux. C'est pour ça que moi, j'ai choisi de lutter contre le parisien autrement, avec vous. Mais je n'avais pas prévu qu'il y aurait aussi de la dynamite dans l'affaire...
- Chez nous, en Alsace, on n'a pas peur des explosions en tout cas, se vanta l'un des bas-rhinois en s'incrustant dans la conversation, probablement dans

l'espoir d'emballer l'artificière pour pallier la jalousie que lui causait le fait que son compatriote et ennemi héréditaire haut-rhinois ait réussi à séduire une fille en premier. Je dis ça, parce qu'on fait péter des pétards à foison à chaque Nouvel An !

- En fait, tout le monde fait péter des pétards à Nouvel An, observa le mayennais.
- Je ne crois pas, le contredit l'alsacien, il n'y a que l'Alsace qui fasse les gros titres le 1er janvier à ce sujet.
- On ne parle que de vous parce que vous êtes les seuls à pas être capables d'allumer une fusée sans y laisser un doigt !

Le bas-rhinois, profondément vexé par ces accusations calomnieuses, se leva de sa chaise en remontant ses manches. En face, le mayennais fit de même. L'aptoise s'interposa vivement :

- Putain, une soirée sans bagarre, c'est trop vous demander ? Vous avez vraiment envie qu'on aille se faire repérer à l'hôpital du coin ? On a déjà eu de la chance le mois dernier de ne pas avoir trop attiré l'attention lorsqu'il a fallu emmener Justine se faire recoudre quand Morgane lui a cassé une bouteille de vin sur la tête…

L'intéressée, à portée d'oreille, se justifia :

- Ouais, enfin, elle le méritait, hein, elle a quand même dit que le mont Saint Michel était normand…
- Parce qu'il l'est, siffla sa voisine, la prénommée Justine.

- Pour l'instant. Le Couesnon dans sa folie a mis le mont en Normandie mais, lorsqu'il reprendra raison, il le rendra aux bretons[41] ! professa Morgane.

Les deux jeunes femmes, qui discutaient pourtant tranquillement ensemble quelques instants plus tôt, se levèrent à leur tour. Tandis que les quatre belligérants se faisaient face, deux par deux, les chti's appelèrent au calme :

- Hé les gars, c'est notre dernière soirée ensemble, allez-pas tout gâcher ! Dans deux jours, vous serez rentrés chez vous et vous pourrez recommencer à vous haïr en toute quiétude.

Le mayennais, l'alsacien, la normande et la bretonne consentirent à se rassoir en maugréant. Quelques minutes plus tard, le mayennais, probablement convaincu par une quelconque contrepartie promise par l'artificière, hissait péniblement la statue « Flore » sur un diable pour la ranger dans la grange. Le voyant se démener plutôt mal que bien, les ch'tis, toujours prompts à donner un coup de main, l'accompagnèrent.

---

[41] Le Couesnon est une rivière au lit irrégulier qui a servi, en son temps, à délimiter la frontière entre la Manche et l'Ille et Vilaine. Si rien ne prouve que le Couesnon se soit un jour jeté dans la mer à l'est du mont Saint Michel, ce célèbre dicton local, cité, par exemple, par Chateaubriand dans ses *Mémoires d'Outre-Tombe*, continue d'être régulièrement invoqué lors des rixes régionalistes qui opposent systématiquement bretons et normands. L'auteure, qui a fait une partie de ses études en Bretagne, ne peut que confirmer la véracité de la revendication armoricaine. Il est cependant peu probable que le Couesnon reprenne un jour raison, compte tenu des nombreux aménagements routiers effectués depuis pour accéder en tout temps au mont Saint Michel en faisant fi de la beauté naturelle des lieux.

La grange était accolée à la maison, mais elle n'était accessible que par l'extérieur. Il fallut donc d'abord descendre les quelques marches de l'entrée donnant sur la cuisine avant de rejoindre la dépendance, ce qui n'était pas une mince affaire en transportant une femme de bronze.

Deux grandes portes de bois, opportunément très hautes, s'ouvraient alors sur les merveilles dignes du plus grand musée du monde. Les membres de l'hétéroclite assemblée la surnommaient d'ailleurs « la caverne d'Ali Baba » tant elle regorgeait de trésors empruntés à la capitale. L'ensemble était éclairé par une guirlande aux ampoules jaunes suspendue aux poutres, qui donnait un petit air de fête à la grange.

Les statues étaient entreposées au sol, tandis que les tableaux et objets plus légers avaient été déposés sur le plancher du grenier à foin accessible par une échelle à côté de laquelle avait été installée une poulie permettant d'y faire monter une grande caisse. Cet enchevêtrement d'objets avait de quoi faire rêver les collectionneurs du monde entier, bien que le manque de connaissances en histoire de l'art de la plupart des membres du gang plaçât la caverne d'Ali Baba aux antipodes d'un musée : un désordre sans nom y régnait. Les mouvements se mélangeaient tous et aucune chronologie n'était respectée.

Le *Scribe accroupi*[42] semblait prendre en notes le discours de Lamartine sur le perron de l'Hôtel de Ville,

---

[42] Célèbre statuette d'Egypte antique

tel que peint par Henri Félix Philippoteaux[43]. *La Dame à la licorne*[44] s'étendait nonchalamment sur un piano demi-queue emprunté aux musée des Arts Décoratifs en dessous d'un *Nu Bleu*[45]. Face à eux, la *Vénus* de Milo[46] zieutait l'horloge du palais de la Cité, comme si elle trouvait le temps long dans son isolement forcé.

Il régnait tout de même une forme d'organisation au sein de ce capharnaüm : à chaque œuvre était adossée une petite pancarte de carton indiquant sa destination et son mode de transport. Ainsi, par exemple, la statue de la *Liberté* empruntée au musée du quai d'Orsay[47] devait aller à Sormonne, dans les Ardennes, en camion de déménagement tandis que sa petite sœur, descellée du Centaure de la place Debré, irait prendre le soleil à Bormes-les-Mimosas, en minibus, sur le bord de la Méditerranée. Posée entre les deux, la *Victoire de Samothrace* était coiffée, à la place de sa tête manquante, d'un panneau mentionnant « Sinnamary, Guyane, estafette + cargo + pirogue ».

---

[43] *Lamartine repoussant le drapeau rouge à l'Hôtel de Ville*, pour un intitulé complet, tableau figurant le fameux discours du 25 février de Lamartine ayant permis à la France de sauver son drapeau tricolore quand le peuple réclamait le drapeau rouge.
[44] Tapisserie très connue du Moyen Âge représentant, entre autres, une dame et une licorne...
[45] Les Nus bleus sont une série de peintures et sculptures réalisées par Matisse
[46] Allons, lecteur, tu n'as quand même pas besoin qu'on te rappelle ce qu'est la Vénus de Milo, si ?
[47] Qui, soit dit en passant, l'avait lui-même emprunté aux jardins du Luxembourg...

- Bon sang, ça ne va pas être une mince affaire de replacer tout ça, constata l'un des ch'tis.
- Ça, c'est sûr, répondit l'un de ses camarades en inscrivant « Piedicorte-di-Gaggio, Corse, corbillard + ferry » sur la pancarte de la statue qu'ils venaient de déposer entre l'une des *Grandes Porteuses* de Zadkine et un *Voltaire*[48] retiré au square Honoré.
- Ça devrait aller. Le tout, ce sera d'agir vite. Je m'étonne qu'ils n'aient pas encore retrouvé la tour Eiffel. Je pensais que ce serait l'affaire de 24H...
- Martin a eu du nez, avec sa vallée. Et puis, les parisiens, dès que ça ne se passe pas chez eux, ils sont complètement hermétiques à l'information.
- Bon, on y retourne pour un dernier verre avant d'aller se coucher, somma le mayennais.

A leur retour dans la cuisine, une partie des convives avait déjà regagné ses pénates. Quelques irréductibles se passaient un joint mais les conversations endiablées qui avaient rythmé la soirée s'étaient éteintes. Il ne fallut pas longtemps pour que les couche-tard regagnent à leur tour leurs couchages dans les dortoirs aménagés dans les pièces à l'étage et, bientôt, seuls des ronflements troublaient la tranquillité de la maison.

---

[48] La statue, pas le fauteuil

Alors que les derniers retardataires s'endormaient à Genouillac, dans son bureau parisien, le ministre de l'intérieur lisait avidement le rapport que venait de lui remettre le nouvel assistant du chef de la police. Il était près de minuit, mais il ne pouvait songer à s'endormir sans avoir achevé sa lecture. A en croire les informations qu'il avait sous les yeux, un nombre passablement élevé de connexions au site internet identifié par Garrel provenaient, depuis plusieurs mois, d'une même adresse IP localisée quelque part dans la Creuse. Le site, qui avait été créé quinze ans plus tôt, était par ailleurs très peu fréquenté. Enfin, un début de piste s'offrait à lui !

Perdu dans ses pensées, le ministre se parlait à lui-même :

- Surtout, mon petit Charles, pas de précipitation. Ce doit être une filière particulièrement bien organisée, malgré cette erreur grossière consistant à prendre toutes leurs informations sur internet. D'ailleurs, il s'agit peut-être d'un leurre. Mieux vaut enquêter incognito dans un premier temps, voire essayer de les infiltrer. Oui, je vais demander à Sorbier de mettre Fugain sur le coup, dès demain matin. C'est la plus fine limier que nous ayons…

10.

Bien que tous s'y employaient ardemment depuis les premières lueurs du jour, la grange reconvertie en remise de musée à Genouillac ne désemplissait pas aussi vite que ce qu'avaient prévu les membres du gang.

Le chargement des véhicules se faisait en continu et plusieurs camionnettes étaient déjà en train de sillonner les routes de France pour aller déposer leur contenu un peu partout en province, parfois directement sur leur lieu d'affectation, parfois en remettant les œuvres à des filières locales autonomes composées de sympathisants à la cause. Pour des criminels amateurs ne se connaissant que depuis quelques mois, il fallait reconnaitre au gang des voleurs de monuments une certaine capacité à mutualiser leurs réseaux respectifs.

Dans la cour de la ferme aux volets rouges, la dernière fourgonnette et le dernier break, une 406 grise qui affichait près de trois cent mille kilomètres au compteur, étaient désormais pleins. Or il restait encore un nombre considérable de sculptures et de toiles dans la caverne d'Ali Baba.

Ils n'étaient plus que quatre à avoir achevé de charger les deux ultimes véhicules : deux bretons originaires du charmant village de Moëlan-sur-Mer, forcés depuis le début de l'opération de transporter les pièces les plus lourdes au son du slogan publicitaire « Les déménageurs bretons, la confiance a un nom ! » ; Justine, l'une des normandes, qui supervisait les départs et vérifiait que chacun savait où il devait déposer ses œuvres, le nez collé à son bloc-notes, et une mulhousienne basanée qui avait raté le réveil collectif et était un peu à la traîne.

- Si on avait été moins bons, y en aurait eu moins à déplacer, asséna Justine.
- Qui aurait pu penser qu'on atteindrait quasiment tous nos objectifs ? interrogea Fatima, l'alsacienne de Mulhouse, dans une question qui n'appelait pas de réponse. Comme d'habitude, on est le petit peuple et le petit peuple se sous-estime dans ses prévisions. Et ensuite, dans l'action, il excelle !
- Bon, ce n'est pas grave. Quelque part, ça nous donne l'occasion de nous revoir dans trois jours, observa Alan[49].
- Je ne sais pas, dans les romans policiers, c'est toujours sur ce type d'erreurs que les criminels se font arrêter, s'inquiéta la normande. Et puis, depuis que la tour Eiffel a disparu, nous sommes à la une de tous les journaux. A mon avis, on ne disséminera pas nos œuvres à travers toute la France aussi facilement qu'on les a volées.
- De toute façon, on n'a pas vraiment le choix, constata la mulhousienne. Franchement, on n'a pas retiré tous ces tableaux et toutes ces sculptures de Paris pour les laisser moisir dans une grange. Ce serait contre-

---

[49] Est-il nécessaire de préciser qu'Alan est breton ?

productif. Cela irait même à l'encontre de notre objet social ! De notre but politique !

- Oui et puis, je ne sais pas pour vous, mais moi, de toute façon, depuis le début, je suis persuadé que tôt ou tard, on se fera pincer, ajouta Gwenaël[50].
- Arrête de répéter ça, tu vas vraiment finir par nous attirer la scoumoune[51], le coupa Fatima. Allez, en route les gonzes, on a encore du pain sur la planche !

Sur ces mots, les bretons embarquèrent dans la fourgonnette et prirent la direction du nord, tandis que les filles montaient dans la 406 à destination de la côte méditerranéenne.

---

[50] Idem
[51] Argot propagé par les pieds-noirs algériens à leur retour en France pour parler de la poisse

11.

A trois cents kilomètres de là, dans l'appartement de Solange, l'atmosphère était plutôt maussade ce vendredi matin. Même les murs et le mobilier colorés ne parvenaient pas à étouffer la morosité ambiante.

La veille, après leur rencontre avec le ministre, les quatre larrons étaient rentrés fêter leur « apport exceptionnel à cette enquête » avec l'ex-femme de Leclerc. La soirée était passée vite. Mais le réveil les ramenait désormais chacun à leur réalité. Les enfants avaient rejoint les bancs de l'école et Solange, sa caisse enregistreuse à l'hypermarché du coin. Leclerc, Jean, Marie et Lucien savaient que la déposition de la veille marquait la fin du voyage. Bientôt, l'heure serait aux adieux.

Alors, assis sur le clic-clac face aux reliefs du petit déjeuner, Jean serrait discrètement la main de sa compagne. Lucien ne cessait de déglutir dans de vaines tentatives d'hydrater sa gorge asséchée par l'émotion. Leclerc, contrairement à son habitude, demeurait mutique. Chacun regardait le bout de ses chaussures, tâchant de ne pas croiser le regard des autres. Nul n'osait entériner la séparation à venir. Comme si, soudain, ils avaient oublié que, deux jours plus tôt, ils ne se connaissaient pas. Pressentant qu'il valait mieux ne pas s'éterniser, les savoyards attrapèrent leur barda et suivirent Leclerc sur le seuil de la porte.

- Tu vas y faire quoi maintenant ? lui demanda Jean.
- Ma foi, il se passera bien une semaine avant qu'ils ne ramènent mon fonds de commerce à la capitale. Si j'étais pessimiste, je dirais que ça me fera une semaine de chômage technique, mais mon optimisme naturel me pousse à considérer que j'ai devant moi une semaine de congés. En plus, c'est la Toussaint, mes quatre gosses vont être en vacances. Solange a posé une dizaine de jours pour tous me les garder... S'il fait beau, je pense que nous irons nous promener un peu. Peut-être une sortie au bois de Boulogne ? Pas trop tard, évidemment, parce que passé une certaine heure, le bois de Boulogne, c'est pas franchement un endroit fréquentable pour les petites filles. Pour les grandes non plus, d'ailleurs. En fait, passé une certaine heure, c'est plus un endroit fréquentable pour grand monde... Enfin, en tout cas, pourvu qu'on ait le soleil, parce qu'une semaine à six dans cet appartement, c'est pas ce qu'on fait de mieux pour des vacances.
- Vous allez y passer toutes vos vacances à Paris ? s'inquiéta Lucien.
- C'est là où la théorie du chômage technique marque des points. C'est pas des congés payés, hein ! Et puis, avec ce que j'ai réussi à mettre de côté cette année, au mieux, je peux nous offrir le RER pour emmener les petites en banlieue. Or, croyez-moi, s'il y a bien un endroit pire que Paris en France, c'est sa banlieue !

Lucien frémit à l'idée qu'il puisse exister un endroit pire que Paris.

- De toute manière, c'est toujours le même dilemme qui se pose éternellement à l'homme : l'équation impossible de la balance entre le temps et l'argent. En général, quand l'un s'accroit, l'autre manque. Pour partir loin, il faut de l'argent... pour avoir de l'argent, il ne faut pas prendre de vacances...

Pendant que le vendeur de tours Eiffel professait sa philosophique leçon d'économie, Jean consulta brièvement du regard ses compatriotes. Lorsque la voix de Leclerc se tarit, il lui annonça avec grandiloquence :

- Mon cher Leclerc, je crois que j'y ai la solution à ton équation insoluble. Que diriez-vous, toi et ta petite famille, de venir y passer une semaine dans les Alpes et d'en profiter pour vendre à nouveau des petites tours Eiffel devant la grande ? Cette histoire de tour Eiffel volée a l'air de faire du bruit. Quand le village l'expliquera au Dauphiné - c'est le journal de chez nous, précisa-t-il devant l'œil interrogateur de son interlocuteur - ça m'étonnerait pas que des gens des environs montent de leur vallée pour y constater tout ça par eux-mêmes. T'auras bien l'occasion de vendre quelques modèles réduits par-ci, par-là.

- C'est sûr qu'il y a même des gens de toute la France qui vont rappliquer, confirma Leclerc. Dès que les journaux seront au courant, et il ne tient qu'à nous qu'ils le soient si le ministre de l'intérieur n'a pas encore rendu publique l'info, vous allez voir plus de monde chez vous que vous n'en avez jamais vu. Y a juste un couac dans ce plan, j'ai pas les moyens de nous payer le train. Et croyez-moi qu'une famille nombreuse avec de bonnes gueules de noirs comme les nôtres, dans le train, ça se fait forcément contrôler. Alors, le train à l'œil, c'est pas vraiment dans mes options. Et puis, la SNCF est pas franchement réputée pour ses crédits à ses clients. Quant au stop... à six...

- Mais on en a, nous, de l'argent, dit Marie en sortant une liasse de billets de cinquante euros de son tablier.
- Mazette ! C'est une sacrée fortune, ça ! Vous avez braqué une banque ? demanda Leclerc qui ne semblait pas plus gêné que ça à l'idée d'avoir éventuellement hébergé des criminels.
- Non, non, pas du tout, c'est le village qui s'y est cotisé, trop heureux de pas avoir à aller à Paris...
- Ils doivent vraiment pas aimer Paname pour être prêts à payer si cher pour ne pas venir !
- Ah, ça, c'est sûr que la capitale a jamais eu trop bonne presse par chez nous, concéda Marie.
- Mais je ne peux pas accepter. Je ne suis même pas certain de pouvoir vous rembourser un jour.
- Ça tombe bien, cet argent, on te le prête pas, on te le donne. On y a pas besoin et puis, si on avait pas mangé et dormi chez Solange, on l'aurait bien dépensé.
- Vous êtes sûrs que ça ne vous dérange pas ?
- On proposerait pas, sinon, répondirent en chœur les trois savoyards.

Leclerc tergiversait. Visiblement, un réel combat se déroulait en son for intérieur. Il s'était toujours refusé à demander l'aumône, même dans les moments les plus difficiles de sa vie agitée, et dieu seul sait s'il y en avait eu. En même temps, l'opportunité d'emmener Solange et les filles à la montagne ne se représenterait pas de sitôt... Il accepta finalement la proposition :

- C'est d'accord. On part en Savoie ! Bon sang, faut que j'aille chercher tout mon stock de tours Eiffel ! Va falloir partir vite, les amis, parce que dès que tout le monde saura que la dame de fer a élu domicile à la montagne, y aura plus une place de libre dans les trains ! J'ai une partie de ma marchandise chez Angélique, mon autre ex-femme. Ce qui tombe plutôt bien, je pourrai récupérer Lucie et Louise à la sortie de l'école. Ce sont les filles que j'ai eues avec Angélique, précisa-t-il. Ah, et j'ai aussi des tours Eiffel dans le casier 55 de la gare de Lyon. Et le reste est dans la cave, ici. Vous n'avez qu'à venir avec moi, je vous ferai une visite guidée de la ville, histoire que vous ne repartiez pas sans savoir où vous avez été.
- Oh, tu sais, nous, le métro parisien, on y trouve qu'on l'a déjà assez visité comme ça, chipota Lucien.
- Pas de métro, promis ! On marchera. Et pour tout ce qu'on ne peut pas faire à pied, on prendra le bus.
- Parce qu'il y a des bus, à Paris ? s'enquit Lucien avec surprise.
- Bien sûr, comme partout.

- Alors pourquoi tout le monde s'enferme sous terre dans les trains de l'enfer ?
- Ah, ça... Mais commençons par passer expliquer tout ça à Solange, au supermarché, histoire qu'elle prépare les valises en rentrant du boulot. A partir de maintenant, nous sommes en pleine course contre la montre !

Leclerc verrouilla la porte de l'appartement à la hâte et ils s'engouffrèrent dans la cage d'escalier.

12.

Pendant que les savoyards et Leclerc se lançaient dans une visite expresse de Paris en préparant leur escapade, une étrangère un peu trop bien habillée pour la région interrogeait avec plus ou moins d'habilité et de discrétion les habitués du bar PMU de Genouillac.

C'était un bistrot sans âme comme on en voit tant dans les petits villages, doté, pour seules décorations, d'affiches de la fédération française des jeux et de bannières de petits drapeaux triangulaires aux couleurs du tiercé. Sans âme, mais pas sans âmes puisqu'un tabouret sur deux était occupé malgré l'heure matinale. La pièce fleurait bon le tabac froid en résistance à la loi Evin, même si tout le monde semblait avoir réussi à faire disparaître sa cigarette à l'entrée de l'inconnue.

Evidemment, personne ne daignait répondre franchement à celle qui avait trop vite été identifiée comme une enquêtrice. Après tout, que faisait la police pour les prémunir contre les cambriolages qui se multipliaient depuis plusieurs années dans le coin ?

Personne, enfin, sauf François, imbibé à dix heures du matin comme pour une troisième mi-temps de match de foot et trop content de trouver une oreille attentive pour recueillir ses confidences en supportant son haleine avinée.

Et tandis qu'il s'épanchait pour décrire à l'inspectrice Fugain les mouvements inhabituels observés depuis quelques mois près du corps de ferme aux volets rouges, le délateur demeurait absolument insensible aux regards de dégoût que lui lançaient les autres piliers de bar qui lui reprochaient tous de collaborer avec l'ennemie, avec l'Etat.

Ou peut-être François avait-il déjà trop bu pour les remarquer, malgré leur insistance. Non content, d'ailleurs, de donner le repaire des voleurs de monuments (sans savoir qu'il s'agissait d'eux, évidemment), ce dernier attaqua rapidement une liste de diverses dénonciations qui semblaient lui tenir à cœur depuis longtemps, depuis madame Montac qui plante ses oignons à la mauvaise saison à monsieur Delorme qui promène son chien sans laisse et qui, en plus, tond sa pelouse le dimanche, madame l'agent, vous avez bien entendu, le dimanche !

Ayant obtenu les renseignements qui l'intéressaient dès les premières paroles de son interlocuteur et parce qu'elle avait, on l'imagine assez bien, d'autres chats à fouetter, l'inspectrice essaya rapidement de couper court à ce flot ininterrompu de ragots.

Mais la bataille pour que l'ivrogne accepte de lâcher le coin de sa veste qu'il avait saisie au cours de la discussion sans même que sa propriétaire ne s'en rende compte fut âpre. Finalement, Fugain accepta de lui payer sa consommation ainsi que, à la demande persistante de l'intéressé, une tournée générale pour pouvoir récupérer sa liberté de mouvement. Ce qui eut au moins pour effet de réconcilier les autres habitués avec le volubile François.

Dès qu'elle eut rejoint sa voiture banalisée - beaucoup trop propre, soit dit en passant, pour ressembler aux carcasses à quatre roues qui circulaient dans le coin - l'inspectrice Fugain appela son supérieur, Sorbier, qui transmit lui-même l'information au ministre. En quelques minutes, il fut décidé de diligenter sans délai une perquisition dans la ferme aux volets rouges.

13.

Le dernier vendredi précédant les vacances de la Toussaint avait été long pour la famille de Leclerc et les trois savoyards. Surtout pour les savoyards.

Leclerc les avait d'abord fait monter dans un bus touristique à étage dont le toit était découpé afin de permettre à ses passagers de profiter pleinement de la vue.

Il avait fallu faire preuve de beaucoup de ténacité pour convaincre Lucien de monter à bord, ce dernier s'inquiétant que le bus puisse se renverser ou ne les décapite tous en passant sous un pont un peu trop bas. Il ne s'y était résigné que par susceptibilité, lorsque Jean avait suggéré qu'il souffrait de vertige. Lui, montagnard et fier de l'être, n'hésitant pas à mener ses chèvres dans des sentiers escarpés bordant des précipices abyssaux, avoir peur de l'altitude ! Il avait préféré grimper dans le bus plutôt que de prendre le risque de laisser Jean raconter ce genre de balivernes au village à leur retour.

De l'Opéra au musée du Louvre en passant par l'Arc de triomphe et la place du Trocadéro - dénudée de son hôte de fer - les quatre larrons avaient ainsi bénéficié d'une visite guidée des zones les plus touristiques de la capitale.

Marie tâchait de photographier tous ces lieux en mouvement, avec un succès très relatif. Les polaroids qui sortaient immédiatement du SX-70 qu'on leur avait confié au village démontraient, comme le répétait Leclerc, une maîtrise absolue du flou artistique.

Jean, de son côté, ne se lassait pas de dénombrer les passants si nombreux : « Ah, là, y a au moins trois cents personnes sur la place ! Et rien que dans cette rue, y en a au moins cinquante ! Ça y fait du monde, hein, Lucien ? Bah, Lucien, tu t'sens pas bien ? ».

Lucien, tout à son mal des transports, luttait contre la nausée en s'efforçant de rentrer la tête entre ses épaules à chaque fois qu'ils passaient en dessous d'un quelconque ouvrage.

Leclerc, quant à lui, les abreuvait d'anecdotes plus ou moins historiques : « Tenez, là-bas, c'est la Conciergerie, la plus ancienne prison de France, juste à côté du plus vieux pont de Paris qui s'appelle ironiquement le Pont Neuf. » ; « Hop, on passe au-dessus du musée des égouts, qui se trouve littéralement dans les égouts ! - Vous avez vraiment un musée pour tout, vous ? - Bah oui, tant qu'il y a des touristes pour les visiter, on serait bête de s'en priver. » ; « Regardez ici, sous le porche du 63, avenue des Champs Elysée, c'est là où j'ai embrassé ma première copine, Ludivine. Elle était divine, Ludivine, des lèvres au goût d'abricot, une petite coupe au carré qui lui donnait une allure toujours divine… » ; « Oh, l'Arc de triomphe, normalement, ça aurait dû être un éléphant, c'est ce qu'avait demandé Napoléon en le faisant construire… ».

Une fois descendus du bus, Leclerc leur avait proposé d'aller se sustenter au restaurant. Se souvenant de leur déconvenue dans la brasserie de la Porte de Savoie à leur arrivée gare de Lyon, Lucien, Marie et Jean étaient plutôt réticents. Mais ils étaient si affamés qu'ils s'étaient néanmoins résolus à suivre leur hôte dans un minuscule restaurant indien tenu par un ami d'un de ses cousins par alliance au troisième degré et situé derrière la place des Vosges.

Mal leur en pris. Bien que les portions soient plus généreuses et les prix moins prohibitifs que dans la brasserie précitée, les trois palais savoyards - habitués à se nourrir exclusivement de pommes de terre et de légumes au bouillon - s'étaient enflammés au contact de toutes les épices contenues dans leurs dahls de lentilles : deux carafes d'eau et trois corbeilles de pain plus tard, Jean, Lucien et Marie avaient définitivement renoncé à absorber cette nourriture qui leur brûlait jusqu'à l'œsophage à chaque bouchée. Leclerc avait finalement demandé des boîtes pour emporter les restes (c'est-à-dire quasiment l'intégralité du contenu des trois assiettes des savoyards) pour faire manger ses filles dans le train.

- Mais, elles vont réussir à y manger ça, les petites ? le questionna Marie.
- Bien sûr, elles sont habituées. Les recettes créoles de Solange sont plutôt pimentées, tu sais.
- C'est marrant, je trouve qu'il n'y piquait pas tant, le colombo d'hier soir, remarqua Marie.
- C'est le rhum, expliqua Leclerc. Ça adoucit tout, le rhum : la nourriture, les gens, les chagrins d'amour…

Après le déjeuner indien, les savoyards avaient sollicité Leclerc pour les mener sur la tombe de Pompidou, afin de la photographier pour prouver à Brigitte, son éternelle admiratrice d'Aillon-le-Neuf, que l'objet de sa convoitise n'était plus. Le parisien leur avait répondu que sa sépulture se trouvait au fin fond des Yvelines et qu'ils n'auraient pas le temps de s'y rendre. Du coup, les voyageurs s'étaient contentés d'immortaliser le centre Pompidou et ses multiples tuyaux apparents à la place.

Ils avaient ensuite déambulé en direction de Barbès, frôlant les Halles, flânant près des musées des arts et métiers et du chocolat, s'arrêtant pour visiter l'église Saint-Vincent-de-Paul. Partout, des files d'attentes s'étiraient devant les établissements culturels, les monuments, les échoppes proposant de la vente à emporter… Pour des gens si pressés lorsqu'ils se déplacent, les parisiens aimaient vraiment beaucoup faire la queue, avait fait remarquer Lucien.

A la fin de l'après-midi, fourbus, alors qu'ils arrivaient passablement exténués rue de la Charbonnière[52] où demeurait Angélique, Jean offrit à Marie un foulard Hermès contrefait acheté à un vendeur à la sauvette en souvenir de leur escapade parisienne. Tandis que l'intéressée le nouait à son cou en prenant des allures de grande dame, Leclerc sonna à l'interphone de sa seconde ex-femme et entra seul.

Les savoyards, restés dehors, entendirent soudain de vifs éclats de voix féminins à travers une fenêtre restée

---

[52] Ruelle adjacente à la rue de la Goutte d'Or, dans le célèbre quartier Barbès

ouverte au premier étage. Quelques minutes plus tard, Leclerc, un cabas plein de vêtements pour enfant dans les mains, sortit en trombe de l'immeuble tandis que deux valises vertes en plastique volaient à travers la fenêtre précitée. Les bagages s'ouvrirent sous le choc à l'atterrissage et tout leur contenu, des centaines de petites tours Eiffel, se répandit dans la rue en sonnant comme des grelots. Les quatre compères entreprirent de les ramasser le plus rapidement possible et prirent leurs jambes à leur cou, tandis que la voix courroucée d'Angélique continuait de qualifier Leclerc de divers noms d'oiseaux.

- Elle n'a pas trop aimé l'idée que je parte avec Solange pour les vacances, expliqua succinctement Leclerc lorsqu'ils eurent changé de rue.

Les autres s'abstinrent de tout commentaire tandis qu'ils passaient à l'école maternelle Saint-Luc récupérer Lucie et Louise, les deux plus jeunes filles de Leclerc.

Cinq heures plus tard, les trois savoyards, Solange, Leclerc et ses quatre filles descendaient du dernier TGV de la journée en gare d'Aix-les-Bains. Deux automobiles les y attendaient pour les amener au village, à la demande de Jean qui avait appelé le maire à ce sujet avant d'embarquer.

Malheureusement, en comptant le nombre de voitures nécessaires, Jean avait oublié les deux filles que Leclerc avait eues avec Angélique (qu'il venait à peine de rencontrer, pour sa défense). Ils étaient donc neuf passagers et deux chauffeurs pour les dix sièges disponibles. Loin de se démonter, Leclerc proposa de monter dans le coffre. Mais le chargement s'avéra périlleux, les bagages étant particulièrement encombrants. Malgré tout, après une longue partie de Tetris[53] orchestrée par l'un des conducteurs, chacun parvint à s'installer dans un inconfort total, les uns avec des sacs de tours Eiffel piquantes plantées dans les côtes, les autres avec les genoux collés sous le menton, leurs pieds posés sur de volumineuses valises. Pourtant, rien n'entachait la bonne humeur des voyageurs. Le rire des gamines, ravies de découvrir au clair de lune des paysages qu'elles n'avaient vus qu'à la télévision, résonnait dans chaque habitacle.

- Ouaw, mais elles sont trop grandes ces montagnes ! s'exclamait Lucie à chaque virage.

Sa sœur, Louise, posait une foule de questions à Marie qui était assise entre elles dans le premier véhicule, sans lui laisser le temps de répondre :

- C'est laquelle la plus haute ?
- Je pense que ça doit être le Mont Margériaz, qui monte à…[54]
- Il va neiger, tu crois ?
- Oh, cette nuit, je ne pense…
- Dis, on mettrait combien d'heures pour escalader jusqu'en haut ?
- Ça dépend des conditions météo, mais sûrement entre…

---

[53] Meilleur jeu vidéo au monde
[54] 1 845 mètres

- Est-ce qu'il y a déjà des gens qui sont morts en tombant dans ce précipice ?

A l'approche du village, la fanfare qui avait accompagné le départ des savoyards quelques jours plus tôt se mit en branle :

ALLOBROGES VAILLANTS, DANS VOS VERTES CAMPAGNES,

ACCORDEZ-MOI TOUJOUUUURS, ASIIIIILE ET SURETE,

CAR J'AIME A RESPIREEEER,

L'AIR PUUUUUR DE VOS MONTAAAAAGNES,

JE SUIIIIS LA LIBERTE,

LA LI-BER-TE !

- Et ben, vous savez recevoir, vous, observa Leclerc en descendant d'une des voitures sous le regard ébahi du village réuni sous l'unique lampadaire de la rue principale.
- Ah, mon Leclerc, tu y sens ce bon air ? lui demanda un Lucien aux yeux brillants de joie et aux narines écarquillées, trop heureux de retrouver sa terre natale.

Tout le monde se pressait auprès des arrivants, certains les humant pour constater qu'ils « puaient » la ville. Lucien concéda qu'il rêvait d'une douche, d'une bonne soupe chaude dans sa chaumière et, surtout, de retrouver son Yvoire et ses chèvres.

Mais le maire avait déjà prévu un banquet en l'honneur des trois héros du village et de leurs invités dans la salle communale (qui se trouvait au sous-sol du chalet faisant office de mairie/école/poste de secours/refuge des guides).

Autour d'une copieuse tartiflette, ils contèrent donc leurs aventures à tout un chacun pendant que les filles de Leclerc sympathisaient avec les quelques enfants du village, qui avaient rarement l'occasion de se faire de nouveaux copains de jeu.

Le maire informa ensuite les trois savoyards que le préfet avait envoyé une escouade de gendarmes pour vérifier si la dame de fer était bien là et qu'elle était désormais surveillée par un régiment de l'armée.

Leclerc offrit enfin à tous les convives une petite tour Eiffel pour les remercier de leur accueil.

- Tu devrais plutôt les y vendre, ou les y garder pour les touristes, lui conseilla Jean.
- Oh, tu sais, c'est un modeste dédommagement par rapport au prix des billets de train… Et puis, j'en ai d'autres, ne t'inquiète pas.

Amédée, qui avait regardé les informations à 20 heures, annonça à tout le monde qu'Aillon-le-Neuf avait fait la une du journal télévisé avec la tour Eiffel dans la vallée filmée par un hélicoptère. Chacun s'enorgueillit de cette gloire involontaire et, bientôt, les discussions glissèrent vers l'arrivée probable des futurs visiteurs.

- On va faire dormir les minots dans le grenier pour ouvrir une chambre d'hôte, expliqua la trentenaire qui avait évoqué la possibilité d'une visite extraterrestre à la découverte de la tour Eiffel.
- Et nous, on va sortir la tonnelle pour proposer des formules repas, indiqua le maçon du village.
- On va vendre des tartines au fromage, en plus des baguettes et du fromage, renchérirent à l'unisson le fromager et le boulanger.
- Nous, on proposera des balades guidées aux touristes, ajoutèrent les guides.
- Moi, je les ferai payer pour apprendre à traire des vaches, précisa l'éleveur du coin.
- La mairie va ouvrir une exposition payante dans le hall : Aillon-le-Neuf à travers les âges, rajouta le maire.
- Et toi, Leclerc, tu vas les y vendre où tes tours Eiffel ? lui demanda Marie.
- Au pied de la grande ! C'est toujours là où ça marche le mieux.
- A cette période faste pour Aillon-le-Neuf, proposa le maire.
- A cette période faste pour Aillon-le-Neuf ! reprirent en chœur ses administrés.

Et tous trinquèrent à l'arrivée prochaine des touristes.

Qui arrivèrent effectivement, dès le lendemain.

Par cars entiers.

Avec des appareils photos dernier cri autour du cou et des chaussures de randonnée neuves aux pieds.

Les uns, venus avec leur tente, offrirent de l'argent aux habitants pour les planter dans leurs jardins malgré les températures automnales. Certains se risquèrent au camping sauvage dans la vallée du Trélochaz, mais ils furent vite délogés par les militaires en charge de la surveillance du monument le plus célèbre de France.

Les autres s'entassèrent dans les quelques chambres d'hôte qui avaient fleuri dans le hameau. Face à la demande, l'agriculteur du village reconvertit même une partie de ses étables en « hébergements collectifs insolites à la ferme ». Son initiative rencontra un succès fou, notamment auprès des familles citadines qui souhaitaient profiter de l'occasion pour faire découvrir la France rurale à leur précieuse progéniture.

Les séances de traite payantes et les promenades guidées pour découvrir la faune et la flore locales affichaient toutes complet en quelques heures à peine.

Bref, tous ces touristes semblaient prêts à payer le prix fort pour n'importe quoi, s'extasiant sur des vieux fromages qu'on retrouvait au fond des placards pour remplir cette foule d'estomacs affamés, s'émerveillant de « l'authenticité de ce village préservé », de la « saveur du folklore régional » et de « l'accueil chaleureux de ces autochtones typiques ».

Devant cette manne financière sur pattes, tout le village se frottait les mains.

14.

Alors que les premiers touristes pointaient le bout de leur nez à Aillon-le-Neuf, une dizaine de policiers prenait plus ou moins discrètement position autour de la ferme aux volets rouges, à Genouillac, dans le cadre de l'opération « hérisson bleu » qui visait à l'arrestation des membres du gang.

Les lieux avaient été fouillés, sans y trouver âme qui vive. Néanmoins, au vu du nombre d'œuvres encore présentes dans la grange, Sorbier avait décidé de mettre en place une veille permanente pour cueillir les voleurs à leur retour dans leur repère. La maison la plus proche avait été réquisitionnée pour servir de quartier général et ses occupants, relogés à grand frais dans une ville voisine pour ne pas éveiller l'attention d'éventuels complices dans le village.

Mais cette discrétion fut mise à mal dès le second jour. Le ministre de l'intérieur, trop heureux d'avoir enfin une occasion de renverser l'opinion dans la presse, avait dépêché quelques journalistes sur place pour filmer l'arrestation du gang lorsque ses membres réinvestiraient les lieux. Il avait négocié leur silence quant à l'opération en cours en échange de l'exclusivité sur ces images qui seraient, forcément, incroyables. Et dont le succès médiatique était assuré : l'affaire passionnait la France et le monde depuis presque une semaine.

Malheureusement, les difficultés de communication entre les différents organes composant les services de police conduisirent à l'arrivée des journalistes sur place avant que Sorbier n'en ait été avisé.

Les trois reporters avaient à peine franchi le portail de la ferme aux volets rouges qu'un bataillon tout entier les mit en joue et les somma de garder les mains derrière leur tête. Se croyant suivi par un membre du gang et par peur de rater une photo d'exception, le photographe du groupe s'empressa d'attraper son appareil et de se retourner pour saisir l'image exclusive de l'arrivée des voleurs dans leur repère. Les policiers, à cran, firent feu immédiatement, croyant qu'il dégainait une arme. Fort heureusement, le soleil gênait leur vue et une seule balle atteignit le photographe, à l'orteil. Surcroît de chance pour les policiers : la saison de la chasse battant son plein, aucun promeneur de Genouillac ne s'inquiéta d'entendre un coup de feu. Finalement, le journaliste blessé fut assez rapidement évacué vers l'hôpital le plus proche[55].

A la suite de cet incident, les journalistes furent renvoyés dans leur journal et chacun retourna à ses occupations, les policiers surveillant les abords de la ferme et Sorbier surveillant ses policiers. Aucune autre perturbation ne vint troubler l'opération hérisson pendant plusieurs jours.

---

[55] Situé à Gueret, à 27,5 kilomètres, soit une proximité suffisamment exceptionnelle pour être soulignée dans une région où les déserts médicaux sont légions

Lentement mais sûrement, chacun s'enfonça dans une morne monotonie quotidienne.

15.

Cela faisait désormais cinq jours que les touristes avaient envahi Aillon-le-Neuf.

Et le terme « invasion » était un euphémisme.

Les ruelles étroites du village étaient noires de monde et se creusaient sous les pas de ces centaines de marcheurs inattendus. La route principale menaçait de s'effondrer au passage des cars bondés, faute d'avoir été conçue pour supporter plus que le poids d'un tracteur léger. Un brouhaha constant emplissait la bourgade à toute heure du jour et de la nuit.

Des familles promenaient des enfants turbulents en combinaison de ski alors que la neige n'avait pas encore pointé le bout de son nez.

Des visiteurs étrangers se mêlaient aux français, leurs appareils photo en bandoulière, des bâtons de randonnée neufs auxquels pendaient encore leurs étiquettes vissés dans leurs mains.

Des retraités prenaient d'assaut la minuscule officine du village qui tenait lieu de pharmacie, dont la gérante était bien en peine de répondre à ces sollicitations. Elle avait coutume de ne délivrer que du Doliprane, du sirop pour la toux et des antibiotiques courants. On lui demandait désormais de procurer des médicaments divers pour soigner le cœur, l'arthrite, l'hypertension, l'hypotension, les troubles du sommeil, la fatigue, la dépression et les rides.

Les guides ne savaient plus non plus où donner de la tête tant ils étaient sollicités pour mener les curieux aux abords de la tour Eiffel ou dans des promenades au cœur de la nature sauvage des Bauges. Habitués à accompagner des groupes de moins de cinq marcheurs, leurs excursions se transformaient désormais en cortèges de plusieurs dizaines de personnes. Le plus râleur d'entre eux se plaignait que cela ressemblait aux colonies qu'il encadrait lorsque, plus jeune, il essayait d'obtenir le BAFA. Et ce n'était pas pour rien qu'il avait ensuite décidé de devenir guide de haute montagne plutôt qu'animateur en centre aéré. En plus, pas moyen d'observer la faune locale, pourtant magnifique en cette saison, à cause du vacarme produit par ces touristes bruyants qui ne pouvaient pas s'empêcher d'entamer une nouvelle chanson populaire à chaque virage, leur préférée étant sans conteste « un kilomètre à pied, ça use, ça uuuuseee ! Un kilomètre à pied, ça UUUUSEEE LES SOULIERS ! ».

Et si encore ils chantaient juste…

Leclerc avait vendu tout son stock de tours Eiffel en quarante-huit heures, pour deux fois le prix qu'il en demandait à Paris. Bien lui en avait pris car, très vite, la concurrence arriva. Au troisième jour, en plus des habituels cars de touristes, les abords du village avaient vu fleurir toutes sortes de commerces ambulants, de la restauration rapide aux produits dérivés en lien avec la dame de fer. Il y eut même une start'up novatrice qui entreprit de creuser des toilettes payantes dans la vallée pour permettre à tout ce beau monde de se soulager.

Mais les échoppes temporaires de tee-shirts représentant des tours Eiffel en noir et blanc, en couleurs, brillantes, lumineuses, musicales et, parfois même, salaces, défiguraient sérieusement le paysage. Le bruit constant des badauds commençait à agacer les habitants. Le pire fut, pour eux, l'ouverture d'un döner kebab mobile qui arpentait la seule rue du village en laissant planer une odeur de viande à la broche peu habituelle.

Les villageois qui avaient eu le malheur d'ouvrir des chambres d'hôtes ou de louer un bout de terrain pour que les touristes y plantent leurs tentes ne parvenaient pas à se débarrasser de leurs déchets.

Le maire était débordé par les plaintes de ses concitoyens et déplorait lui-même la saleté et le manque de politesse des visiteurs, dont seul l'argent était encore bienvenu à Aillon-le-Neuf. Rapidement, les touristes furent taxés d'envahisseurs, voire d'armée étrangère d'occupation, et, finalement, tout le village ainsi que la famille de Leclerc se réunirent dans la mairie pour un conseil municipal extraordinaire.

Le maire ouvrit la séance par ces mots :

- Mes chers concitoyens, la situation est grave. Ce n'est pas une bénédiction mais un fléau qui vient de nous tomber dessus.
- C'est vrai, ça ne va plus, mes vaches ne donnent presque plus de lait tant elles sont stressées par les flashs des appareils photo et le peu de lait que je parviens à leur traire est tourné, se plaignit le fermier.

- Mes chèvres font de l'asthme à cause de la pollution de toutes ces voitures, ajouta Lucien.
- Nos enfants réclament des téléphones portables pour faire comme les touristes ! râla celle qui avait ouvert des chambres d'hôtes.
- Parlons-en de leurs téléphones portables. Ces satanés excursionnistes n'ont aucun respect pour rien ! Pas plus tard qu'hier, j'ai dû y faire descendre deux adolescents attardés de mon toit à coup de chevrotines, rouspéta Amédée. Ces bodets[56] étaient montés là-haut « pour capter la 5G », qu'ils disaient.
- Ils ne respectent pas les consignes. On a encore passé la nuit à en chercher deux qui s'étaient perdus dans la tanne aux cochons [57] ! renchérirent les guides.
- Ils y crachent par terre, ils y jettent tout partout, la forêt est devenue un dépotoir.
- Ils commandent à manger et ils finissent pas leurs assiettes ! Ils gâchent tout ! Et quand on leur fait la remarque, ils se contentent de répondre « ben, j'ai payé de toute façon, je fais ce que je veux ».
- Ils y défigurent le village. Ils nous volent notre air pur !
- Il faut les y mettre dehors !
- Y en a qu'ont bousculé la mère Fanny. Pourtant, à son âge, on aurait pu penser qu'ils la traiteraient avec respect. Rien du tout. Ils voulaient faire une photo de

---

[56] Simples d'esprit
[57] Cavité bien connue des spéléologues dans le massif du Margeriaz, qui tirerait son nom d'un cochon tombé dans le premier puit

la tour Eiffel au coucher de soleil et elle n'avançait pas assez vite à leur avis.

- Renvoyons ces monchus[58] d'où ils viennent !
- Ils font la rioule toute la nuit et après ils se plaignent quand j'allume le tracteur le matin que ça les empêche de dormir ! Quelle bande de sniules[59].
- Leurs filles ont toutes vu péter le loup sur la pierre en bois[60] ! Ça m'étonnerait pas qu'elles nous y dévergondent nos garçons !
- Ils sont en train d'envahir toute la Savoie et la Yaute[61] ! C'est pareil dans tous les villages d'à côté !
- ON VA LEUR BRÛLER LA PAILLE AU CUL[62] ! conclut en hurlant un vieillard.

Tous s'étaient levés en surenchérissant. Le maire monta donc sur sa chaise pour intimer le calme à ses villageois :

- Mes chers concitoyens, j'entends vos plaintes et vos craintes mais, rassurez-vous, le problème va être rapidement réglé. Le préfet m'a indiqué que le gouvernement viendra reprendre la tour Eiffel dans deux jours. Je lui ai, naturellement, demandé un

---

[58] Cette définition a déjà été donnée, ami lecteur. Tu connais la rengaine : si ta mémoire te fait défaut, tu n'as plus qu'à reprendre ce roman depuis le début...

[59] Ce sont des fêtards sans vergogne qui ne parviennent pas à se lever au petit matin en raison de leur nature intrinsèquement fainéante.

[60] Seuls les débauché(e)s voient péter le loup...

[61] Il semblerait que ce flot de touristes se répande également en Haute Savoie

[62] Nous les pousserons à quitter les lieux, quand bien même nous devrions employer la manière forte pour parvenir à nos fins.

dédommagement pour la gêne occasionnée à notre village par tout ce raffut, les routes abimées, les espaces naturels protégés à nettoyer, les bêtes dérangées... Après tout, un sou est un sou. En attendant le retrait de ces immondices et le départ de tous ces scélérats, je vous invite à prendre sur vous, comme en temps de guerre, et à augmenter les prix autant que faire se peut afin que nos sacrifices ne soient pas vains.

Chacun concéda qu'il pourrait faire quelques efforts pour les quarante-huit prochaines heures. Moyennant une augmentation significative des prix. Et chacun rentra chez lui pour afficher ses nouveaux tarifs.

- Et ben, si votre village était à la tête de l'Etat, les caisses publiques seraient sûrement pleines, remarqua Leclerc.

16.

La montre à gousset de Philibert indiquait seize heures et trente minutes. Soit trois minutes de plus que la dernière fois que Manon, l'artificière du Vaucluse, lui avait demandé l'heure. Posté derrière le volant d'une camionnette de location, Ange, le corse, lâcha un énième soupir en resservant à ses camarades un peu de café tiré d'un vieux thermos à peine étanche et froid depuis longtemps. Ils avaient quitté Tarbes où ils avaient déposé une partie de leur marchandise en milieu de matinée et cela faisait déjà plusieurs heures que leur véhicule stationnait sur le parking d'un hypermarché niortais.

Philibert constata :

- Nous aurions dû rouler moins vite.
- Ouais, on aurait surtout pas dû partir si tôt ! le contredit Manon.
- Si nous avions respecté les limitations de vitesse, nous arriverions à peine, rétorqua Philibert.
- Eh, sur des routes aussi droites, je peux pas rouler à cinquante, moi, s'indigna le corse.

Chacun reprit une gorgée de café glacé, ce qui était loin de calmer leur impatience.

- Putain d'attente de merde, siffla l'artificière entre ses dents.

Philibert ne put retenir une moue désapprobatrice en entendant ce juron grossier peu coutumier à ses oreilles. Peut-être était-ce à cause du froid irritant dans lequel baignait l'habitacle du fourgon, alors que la fatigue les submergeait tous tandis qu'ils n'avaient que trop peu dormi depuis leur départ de Genouillac - cela faisait déjà une semaine qu'ils avaient quitté la ferme pour disséminer le contenu de leur camionnette dans le sud-ouest de la France - ou peut-être s'agissait-il d'une conséquence de la consommation excessive de caféine de l'intéressée ? Toujours est-il que cette grimace réprobatrice parut insupportable à Manon :

- Putain, mais qu'est-ce que t'as ? Ça lui arrive jamais, à Monsieur Parfait, de lâcher un juron ?

- Je ne suis effectivement pas rompu à ce langage roturier.

- Ouais, ben tu sais ce qu'elle te dit la roturière : toi et tes grands mots, vous feriez mieux de pas trop vous la ramener. Parce que si on est là, à se peler le cul dans ce PUTAIN de camion sur ce PUTAIN de parking dégueulasse, c'est parce que TU nous as fait bouger dix PUTAIN d'années avant la guerre !

- Toute cette vulgarité est-elle nécessaire ? Si je puis me permettre un conseil, un langage soigné est le début d'une vie ordonnée, ainsi que le disait feu ma mère.

- Ben tes conseils cueillis sur ton arbre généalogique de merde, tu peux te les garder, parce que crois-moi que ta famille, vu comme elle a l'air chiante, je suis bien contente de pas en faire partie ! Et je vais te dire ce que je vais me permettre, moi, je vais me permettre de te dire que je te supporte plus, Philibert. Je peux plus t'encadrer, toi et tes putains de grands airs du grand monde ! Tes phrases à la mords-moi-le-nœud ! Tes expressions sorties d'un putain d'autre siècle ! Ton putain de balai dans le cul dont tu ne te sépares jamais ! Personne te supporte plus ! Et ça m'étonnerait que personne t'ait jamais supporté, même dans ta putain de famille de guindés ! Parce que tu es tout simplement INSUPPORTABLE, Philibert ! INSUPPORTABLE ! Même les malades d'Ebola préfèreraient mourir seuls plutôt que d'être soignés quinze jours par toi !

Les mots sortaient de la bouche de Manon à un débit fou, jetés un à un avec hargne à la face pâlissante de Philibert.

- Dans la bande, si on te garde, c'est juste parce que t'es le moins fauché d'entre nous et qu'on peut pas se passer de ton putain de pognon. Et parce qu'on a pitié ! Si on est là aujourd'hui, Ange et moi, à t'accompagner dans ton putain de bled pourri dans ta Vendée natale, c'est parce que t'as pas de potes ! T'as pas un seul putain d'ami ! Tous les autres se sont débrouillés pour faire appel à des copains pour dispatcher les œuvres à installer dans leur coin. Tous sauf toi ! C'est pour ça qu'on est là, à se les meuler en attendant que la nuit tombe ! Parce que personne sur cette putain de terre ne peut supporter ta putain de suffisance ! Toujours à donner tes putains de leçons, avec ton putain d'air nièvre ! Tu réussis à être à la fois prétentieux et ennuyeux ! Odieux et inintéressant ! Enervant, exaspérant, imbuvable, enquiquinant, infect, invivable ! Même ton putain de look est devenu un problème pour le groupe !

Enfin, essoufflée par sa diatribe, Manon se tut. Le corse regardait ses pieds sans rien dire, dans une posture qui signifiait vraisemblablement que, s'il trouvait les mots employés un peu durs, il n'était pas franchement en désaccord avec les propos tenus par sa camarade. Après quelques secondes, le visage figé dans une froide indifférence trop rigide pour ne pas trahir l'humiliation ressentie, Philibert murmura d'une voix artificiellement neutre :

- Pour ta gouverne, Niort ne se situe pas en Vendée, mais dans les Deux-Sèvres. Et on parle d'air mièvre, pas d'air nièvre.

Puis il quitta la camionnette prestement, sans un regard pour ses passagers.

Après quelques minutes de silence gêné rompu uniquement par la respiration de Manon, le corse se décida à parler :

- Eh ben, on peut dire que le tact, c'est pas ta spécialité.
- Tu crois que j'y étais un peu fort ?
- Je crois que tu l'as anéanti, ouais. J'avais pas entendu quelqu'un dire autant de fois « putain » en aussi peu de temps depuis le jour où mon père a quitté la maison après s'être fait engueuler une fois de trop par ma mère. Et ça fait trente ans qu'il est pas revenu. On pense qu'il a quitté l'île.

- Je sais, je m'emporte souvent un peu. C'est la faute à mon côté méditerranéen. Mais c'était fondé, non ? Fallait bien que quelqu'un lui dise, justifia l'aptoise dans une tentative manifeste d'auto-déculpabilisation. C'était pas lui rendre service de pas lui dire...
- Je suis pas sûr que ça lui rende vraiment service de l'entendre comme ça... Et puis, tu ne le connais pas assez pour lui dire ça. Si ça se trouve, il est parti faire une bêtise.
- Quand même pas...
- Tu sais, j'ai un oncle comme ça qui s'est un jour allongé sur les rails parce que sa femme lui avait dit qu'il avait tellement de poils dans les oreilles qu'on pourrait fournir des perruques à tous les chauves de Corse si quelqu'un prenait la peine de les ramasser chaque fois qu'elle les lui coupait. Heureusement que la CFC était en grève ce jour-là...
- C'est quoi la CFC ?
- Les Chemins de fer corses. Enfin, en tout cas, moi, j'aimerais pas être dans tes pompes si on ramasse le cadavre de Philibert au bord de l'autoroute demain...

Sur cette triste prédiction, Manon ravala sa fierté et quitta la camionnette pour se lancer aux trousses de l'aristocrate blessé. Elle le repéra non loin de là, adossé à un abri pour caddies, sa silhouette allongée facilement reconnaissable grâce au complet vert anis dont il s'était affublé ce jour-là.

- Oh, Philibert, soupira-t-elle en le prenant malgré lui dans ses bras, dans le fond, tu es mon ami, tu sais.
- Un ami insupportable ? remarqua avec raideur ce dernier.
- Dis-toi qu'on ne se permet pas de parler comme ça à des gens qu'on ne considère pas comme tels. Maintenant, j'en appelle à ton amitié et ta compréhension pour pardonner à l'incorrigible colérique que je suis mes putains de propos de merde. Allez, sèche tes larmes, en amitié comme en amour, il y a des hauts et des bas. Et rejoignons Ange, il va s'inquiéter sinon. Il pensait que tu étais parti te suicider.
- Ça, jamais. Je suis peut-être tout ce dont tu m'as accusé, mais aucun de Montalembert ne saurait se rendre coupable de lâcheté.

Tandis qu'ils rejoignaient le corse, un peu retournés par toutes ces émotions, ils ne remarquèrent pas les quatre individus en cuir noir qui les regardaient depuis la voiture voisine.

- Dites, vous trouvez pas qu'ils ont l'air louche, ces deux-là ? Une grande asperge sapée comme pour un mariage du siècle dernier et une petite racaille sortie tout droit de sa cité…

Les trois autres se contentèrent de hocher la tête sans cesser de suivre des yeux l'étrange couple qui s'approchait d'une camionnette de location

- Moi, ce que j'en dis, reprit l'un des acolytes installés à l'arrière, c'est que ça ne m'étonnerait pas qu'elle le fournisse et qu'on ait sous les yeux une partie du stock de came qui manquait à la perquisition du labo, hier. On y va ?
- On y va.

Les quatre blousons de cuir s'extirpèrent à l'unisson de leur véhicule, armes au poing, et encerclèrent la camionnette dont Philibert n'avait pas encore refermé la portière.

- Brigade anticriminelle ! Personne ne bouge. Vous descendez immédiatement du véhicule sans faire de mouvement brusques. Tout le monde pose ses mains en évidence à plat sur le capot.

La panique qui submergea instantanément le visage des trois interpellés alors qu'ils exécutaient la sommation confirma les soupçons des membres de la brigade.

Ils venaient de retrouver la drogue qui leur avait échappé la veille, lors d'une descente particulièrement musclée dans le petit village de Saint-Symphorien où une grange abandonnée servait de repaire à quelques apprentis chimistes depuis plusieurs mois. Le démantèlement de cette filière locale de production de LSD était l'objectif d'une longue et laborieuse investigation qui les avait cloués, eux, des hommes de terrain, dans un bureau pendant de longs mois. Cependant, lors de la perquisition de ce qui semblait être le quartier général des trafiquants, une partie de la marchandise qu'ils estimaient devoir y trouver s'était avérée manquante. Accusés par leur supérieure d'avoir, une fois de plus, bâclé une enquête en précipitant l'intervention, l'équipe se sentait déjà soulagée à l'idée de pouvoir prouver le contraire.

- Les clefs du véhicule ! ordonna celui qui avait suggéré l'interpellation. Non, les prends-pas, dis-moi où elles sont et garde bien tes deux mains collées au capot ! Sinon, je me ferai une joie de t'envoyer un peu de plomb dans le genou, histoire que tu gardes un petit souvenir du flic que tu as cru tourner en bourrique pendant vingt-quatre heures.

Tremblant de tous ses membres, le corse allergique à la poudre l'invita à récupérer les clefs dans la poche droite de son pantalon. Contournant la fourgonnette, le policier ouvrit les portes battantes à l'arrière.

- Y a un problème, annonça le policier.
- Quoi ?
- Ce ne sont pas nos dealers. Mais gardez-les en joue ! Y-a-pas de drogue dans cette camionnette, mais je reconnais la statue de la place du général Catroux à Paris. Mon beau-frère habite en face.
- Tout à fait, se risqua Philibert, il s'agit de la statue supérieure du monument représentant le général Alexandre Dumas, père, ultime création réalisée par Gustave Doré au XIXème siècle. Monsieur est un grand connaisseur. Nous l'emmenions justement à l'atelier du musée Bernard d'Agesci de Niort pour faire un brin de restauration.

- C'est incroyable, le nombre de choses à restaurer qu'il y a dans cette camionnette, remarqua le flic en fixant Philibert.
- Oui, vous savez ce que c'est, la poussière, le temps qui passe, les mains grasses et irrespectueuses des enfants...
- Me prends-pas pour un con, mon beau-frère m'a justement fait remarquer dimanche dernier que la statue de Dumas a disparu en même temps que la tour Eiffel. Vous êtes le gang des voleurs de monuments et vous êtes en état d'arrestation.
- Bisque, bisque, rage ! grogna Philibert.
- Putain, tu jures vraiment jamais, toi, hein ? s'exclama Manon.

Menottés devant leur camionnette, les trois voleurs n'eurent pas longtemps à attendre pour qu'un fourgon cellulaire de police ne vienne les chercher. En claquant la porte sur les trois prisonniers, l'un des membres de la brigade anticriminelle leur conseilla :

- Installez-vous confortablement, hein, le voyage va être long jusqu'à Paris !

A peine la porte fermée, Ange, affolé, se tourna vers ses camarades :

- Mais pourquoi Paris ? On ne va pas être jugé dans la circonscription de notre lieu de naissance ? Ou là où on a été arrêtés ? Parce que moi, les juges corses, j'ai de très bons moyens de pression. Et les juges vendéens, j'imagine qu'avec ton pedigree, Philibert, tu les connais tous. Mais les juges parisiens ?

- Mon cher Ange, cela m'embarrasse de te le dire, mais je crains que nos exploits n'aient dépassé les frontières de nos régions depuis longtemps, répondit un Philibert à la voix tremblante. Il ne serait guère surprenant que nous fussions sur le point d'être soumis à la torture pour donner le nom de nos camarades. Ensuite, si nous survivons aux infâmes supplices que nous subirons nécessairement, nous serons mis au pilori par un obscur tribunal intraitable qui refusera d'écouter tous nos arguments décentralisateurs, faisant fi de leur bien-fondé, et nous finirons nos jours dans une geôle surpeuplée à compter nos poux et nos abcès. Mon Dieu, d'y songer, je me sens défaillir…
- T'abuses Philibert, le coupa Manon. On torture plus les gens en France. On est juste parti pour une longue garde à vue. Et des poursuites pour vol. Personne ne va réellement en prison en France pour un premier vol. Même si c'est vrai que, jusque-là, personne n'a jamais volé quelque chose d'aussi gros que la tour Eiffel. On sera condamné à du sursis. Au pire on devra porter un bracelet électronique, ou faire des travaux d'intérêt…

Une voix surgit dans un haut-parleur situé au-dessus de leurs têtes :

- Hé ho, vos gueules là-dedans ! Vous n'êtes pas accoudés au comptoir d'un café ! Si j'en entends encore un piper mot, on vous bâillonne. C'est clair ?

Ange, Manon et Philibert échangèrent un regard inquiet et se tinrent cois pour le reste du trajet.

A l'arrivée à Paris, les trois compères furent séparés et passèrent, effectivement, une dizaine d'heures chacun dans une étroite cellule de garde à vue. Au petit matin, on les achemina séparément place Beauvau où ils se retrouvèrent tous les trois dans l'antichambre verrouillée du bureau de la sous-assistante du directeur général de la police nationale qui avait accueilli, quelques jours plus tôt, Lucien, Marie, Jean et Leclerc. Lorsqu'on vint les y chercher, on les mena, non pas dans le bureau du ministre de l'intérieur, mais dans un espace baigné d'une lumière blafarde dédié aux interrogatoires où trois chaises en plastique faisaient face à un bureau en inox derrière lequel se tenait néanmoins ledit ministre.

- Monsieur le Ministre, salua Philibert d'un ton ampoulé.
- Mais oui, je vous reconnais, s'enthousiasma Manon. Il a raison ce Philibert, on est devant le ministre lui-même ! J'y crois pas, quand je dirai ça à ma mère ! Comment qu'il s'appelle déjà ? Pasqual ? Pastel ?
- Pasquel, répondit l'intéressé. Charles Pasquel. Et je vous saurais gré de faire preuve de correction devant un membre de votre gouvernement.
- Et ben, il est encore pire que Philibert, lui !
- Madame Mace, Messieurs de Montalembert et Santini, je vous somme de vous expliquer sur votre implication dans le vol de toutes sortes d'œuvres d'art parisiennes.

Regards en biais des trois prévenus. Le ministre de l'intérieur tapota son bureau avec impatience en fixant Ange qui prit donc la parole le premier :

- Moi, je suis corse, je ne parle pas. J'ai plus peur de devenir la honte de ma famille que de croupir dans l'une de vos prisons. Et pourtant, il parait que même les prisons turques ne tiennent pas la comparaison. Mais si vous saviez de quoi ma famille est capable, vous non plus, vous ne parleriez pas.

Le ministre de l'intérieur fronça son sourcil gauche, l'affligeant d'une moue asymétrique peu séduisante. Il se tourna vers Philibert.

- En ce qui me concerne, je suis aristocrate, avança Philibert, et l'aristocratie, Monsieur le Ministre, garde la tête haute et la langue dans sa poche chaque fois qu'il en va du bien de la Nation !

Le second sourcil du ministre prit la même posture que le premier, témoignage de sa réprobation. Il se tourna vers Manon.

- Moi, je parle, si vous voulez, déclara Manon.

Ange et Philibert la fixèrent avec des yeux ronds :

- Mais tu peux pas, à quoi tu penses !
- Je ne t'eus jamais cru capable d'une telle trahison. Seuls les vrais amis peuvent vous décevoir à ce point.

Pasquel, en revanche, lui sourit, soudainement bien plus avenant. Manon cracha alors par terre :

- Nan, je rigole, évidemment, comme les copains, je parle pas.

- Pour cette mucosité inutile venue souiller le sol du ministère, je note l'outrage à une personne dépositaire de l'autorité publique dans votre dossier, constata le ministre. Madame, Messieurs, il est inutile de nier les faits. Les preuves retrouvées dans la camionnette que vous conduisiez vous accablent déjà. Si vous coopérez, je pourrai vous obtenir une réduction de peine. Si vous ne coopérez pas, je m'assurerai personnellement que vos condamnations soient à la hauteur de vos crimes contre l'Etat français. Je vous invite donc vivement, dans votre propre intérêt, à me décrire le modus operandi des vols et à me détailler l'organisation qui se cache derrière.
- Qu'est-ce qui vous dit qu'on a pas agi seuls ? harangua Manon.
- Le fait que trente-huit ADN différents aient été identifiés dans une ferme à Genouillac où une partie de votre butin a été retrouvé.
- Merde, jura Manon. Ben du coup, on a pas grand-chose de plus à vous dire.
- Je pense que si. Où allez-vous ?
- A Niort, Monsieur le Ministre, mais vous le savez déjà puisque vos sbires nous y ont arrêtés, lui fit remarquer Philibert.
- Vous m'avez mal compris. Où allez-vous ensuite ?
- Profiter d'un repos bien mérité à la campagne, suggéra Ange.

- Ne me mentez pas. Vous vous apprêtiez à retourner à Genouillac.
- Pourquoi vous posez la question si vous avez déjà la réponse ? demanda Manon.
- Parce que je veux savoir quand est-ce que vous avez rendez-vous avec vos amis là-bas.
- Plutôt mourir que de vous le dire ! s'exclama Manon.
- Nous vous avons déjà exposé que nous ne sommes pas des délateurs, observa Philibert.

Ange se contenta d'un « basta » marmonné dans sa barbe.

- Si ce sont vos derniers mots, je vais vous faire conduire à Fleury-Mérogis. J'espère que vos amis seront plus loquaces lorsque nous les arrêterons. Car, soyez en sûrs, nous les arrêterons, avec ou sans votre aide.
- Ce sera sans notre aide, conclut Manon.

17.

A Genouillac, dans la maison voisine qui servait de planque aux forces de l'ordre chargées de surveiller la ferme du gang des voleurs, un flic avachi dans un fauteuil de velours au coin du feu lisait paisiblement le journal du jour qui titrait en Une « Les Robins des Bois de l'art » devant une photographie de la tour Eiffel au milieu des montagnes savoyardes. L'article démarrait en page 2 :

Le gang des voleurs de monuments, des Robins des Bois de l'art ?

Ils prennent à Paris pour redistribuer en province.

Cet automne, ce ne sont pas les feuilles mais les œuvres d'art qui tombent dans nos campagnes. On a vu ainsi fleurir dans de nombreux villages de France et de Navarre toutes sortes de statues et de toiles dérobées par le gang des voleurs de monuments au cours des derniers mois dans la capitale. Faisant preuve d'une dextérité à faire pâlir d'envie Stéphane Breitwieser, l'Arsène Lupin des musées qui a dérobé plus de 239 œuvres d'art en sept ans, leur forfait est resté longtemps discret puisque, non contents de subtiliser des chefs d'œuvre de tout type et de toute taille, ils remplaçaient immédiatement les objets volés par de fidèles reproductions.

Ainsi, les saint-vitois, à la frontière entre Doubs et Jura, peuvent désormais admirer le portrait présumé de

Julienne et Gabrielle d'Estrée sous le préau de la médiathèque communale, tandis qu'en Aquitaine, les habitants de Saint-Jean-de-Côle, au détour d'une balade aux abords de l'ancienne gare, contemplent le célèbre Penseur de Rodin. A Pluduno, au cœur des Côtes d'Armor, c'est carrément toute une façade qui a été déplacée pour donner à la mairie la couleur du célèbre théâtre parisien de la Commedia dell'Arte.

Face à cette situation ubuesque, le maire de Pluduno, loin de se laisser démonter, a d'ailleurs proposé aux troupes supposées s'y produire à Paris dans les prochains mois de venir jouer dans son village, s'engageant à les défrayer pour le trajet, à les loger chez des habitants et à les nourrir de leurs meilleures spécialités. Lorenzo Dicappicce, le metteur en scène de l'une d'elles, a d'ores et déjà accepté la proposition, indiquant se réjouir par avance à l'idée de changer d'air. Il a ainsi déclaré à nos confrères de Ouest-France que ses comédiens partageaient son enthousiasme : « Ils n'en peuvent plus de jouer notre spectacle devant des parisiens désabusés dont même les enfants sont blasés. Et ces critiques parisiens, si prompts à détruire une troupe pour un seul faux pas et si avares en compliments pour les mille autres soirs où la représentation était irréprochable... On est à bout. C'est vraiment une belle opportunité de se renouveler. »

A chaque fois, on observe une foule de curieux venus des villes et villages alentour pour découvrir le tableau ou la statue qui vient d'emménager dans leur région. Selon nos sources, l'éducation nationale travaille d'ailleurs actuellement sur un aménagement horaire et la mise en place de bus lors de la rentrée des vacances de la Toussaint pour que tous les élèves de France fassent la tournée des cinq œuvres volées les plus proches de leur école. Une professeure d'histoire du lycée du Diois à Die, dans la Drôme, témoigne de son engouement pour le dispositif envisagé : « C'est une chance inouïe pour les enfants de découvrir des formes d'art auxquelles ils sont peu habitués sans dépenser une fortune en voyage scolaire pour les emmener jusqu'à Paris. Par ailleurs, ce mouvement de rébellion et de décentralisation culturelle est historique ! Il faut absolument les y emmener pour qu'ils s'en rendent compte et qu'ils s'en souviennent. Une page de l'histoire du modèle français est en train de s'écrire, c'est certain ! »

Tous, cependant, n'y voient pas la même opportunité. Ainsi, un syndicat enseignant appelle à la grève le jour de la rentrée afin d'obtenir une semaine de congé supplémentaire pour préparer ces sorties scolaires dans des conditions sécuritaires et non discriminantes pour tous : « On nous demande de nous organiser, comme ça, au pied levé, sans penser aux répercussions. Déjà, tous les élèves ne seront pas dans la même situation. Certains vont aller voir la Liberté guidant le Peuple quand d'autres se contenteront d'un obscur Buren. Vraiment, on va encore engendrer des ruptures de l'égalité qui, on ne peut pas l'ignorer aujourd'hui, conduisent toujours au pire ! ».

De manière générale, il semble néanmoins que les habitants et les élus locaux des lieux où ont été retrouvées les différentes œuvres d'art se félicitent d'héberger des petits morceaux de la culture française, même s'ils sont conscients que ces expositions ne seront vraisemblablement que temporaires. En effet, le préfet de police et la maire de Paris appellent à un retour immédiat des œuvres sur leur emplacement d'origine. Le président de la région PACA s'en est d'ailleurs amusé en demandant si, par conséquent, ils « [devaient] organiser le rapatriement en Egypte du scarabée commémoratif d'Amenhotep III » dérobé au Louvre et actuellement visible à proximité de l'abreuvoir de Buoux, dans le Lubéron.

Bien entendu, pour l'instant, tous les objets dérobés n'ont pas été retrouvés et l'on se demande même si tous les vols ont déjà été constatés. Un long travail d'investigation est en cours dans les rues de la capitale pour s'assurer de la véracité de chaque monument public. Les musées parisiens ont également entrepris des vérifications dans leurs collections. Cet examen a déjà permis de constater que de nombreuses œuvres originales qui se trouvaient dans les réserves des musées ont disparu.

En parallèle, l'enquête pour confondre les auteurs de ces vols se poursuit. La thèse d'une société secrète d'amateurs d'histoire de l'art, très suivie dans les premiers temps, a été rapidement éliminée, l'une des œuvres volées, le canot impérial de Napoléon, étant elle-même une réplique. Or, un historien de l'art n'aurait pas pu ne pas s'en rendre compte. L'on sait néanmoins, de source sûre, que les voleurs sont probablement originaires de la Creuse.

Pour en savoir plus, nous avons interrogé Mme Nathalie Kartouze, psychologue spécialisée dans l'étude des profils cleptomanes en zone rurale, qui a dressé le profil psychologique des voleurs…

Le policier jura :

- Une fuite sur la Creuse… encore un stupide gratte-papier de la place Beauvau qu'a pas pu tenir sa langue. Heureusement qu'on ne donne pas de détails à ces gens-là !

L'article se poursuivait jusqu'en page 4, étayé de nombreuses analyses de personnes qui n'en savaient finalement pas plus sur le sujet que n'importe qui. Le policier interrompit sa lecture à la première digression. Il avait horreur de ces tergiversations inutiles.

- Tout le monde l'a lu, les gars ?

Ses collègues opinèrent du chef. Le lecteur jeta le journal au feu.

- Toujours ça que les pandores n'auront pas.

En effet, les policiers de Sorbier en planque en face du repère du gang avaient été rejoints la veille par un escadron de la section de recherches d'une gendarmerie locale qui estimait que l'enquête et l'arrestation leur appartenaient au motif que les objets volés se trouvaient dans leur ressort. Après moult palabres, le ministre de l'intérieur avait obligé la commandante de gendarmerie et le directeur général de la police à organiser la planque ensemble. Ménager la chèvre et le chou. Charles Pasquel, si sensible aux émois de la presse, voulait à tout prix éviter une autre guerre des polices qui ternirait l'image de ses services, déjà ébranlée par la facilité déconcertante avec laquelle la tour Eiffel avait disparu.

Depuis le début de la surveillance, dix jours étaient passés ainsi, sans que le moindre mouvement ne soit observé en dehors du passage éclair des journalistes et de l'arrivée de l'escadron de gendarmerie. L'attente était longue et incroyablement ennuyeuse, seulement rompue par les anicroches régulières entre les deux corps obligés de cohabiter sous le même toit.

Pourtant, le calme n'allait plus durer. La dernière page du journal n'avait pas achevé sa combustion que les deux guetteurs (un gendarme et un policier, chacun ayant le sien pour ne pas risquer de se faire doubler) vinrent avertir leurs collègues qu'une voiture venait de se garer dans la cour du corps de ferme surveillé.

Sorbier et Rainadate, la commandante de gendarmerie, se réunirent en urgence dans l'escalier pour décider de la marche à suivre. Opportunément, ils étaient d'emblée tombés d'accord sur la stratégie : attendre, observer et organiser une filature si la voiture repartait. Et, surtout, quoi qu'il en coûte, n'appeler Pasquel qu'au dernier moment pour l'informer afin d'éviter d'avoir « un attroupement de fouille-merde dans les pattes » dans le feu de l'action.

Chacun se posta aux abords de la ferme ou sur le toit de la maison qui servait de quartier général aux forces de l'ordre.

Et attendit.

Pendant deux longues heures, la seule chose qui bougea fut la fumée qui s'échappait désormais de la cheminée de la ferme.

Visiblement, les voleurs n'étaient pas sur leurs gardes et semblaient partis pour rester. Alors que le ciel s'assombrissait suffisamment pour laisser apparaître la lueur des premières étoiles, d'autres véhicules divers et variés vinrent se garer peu à peu dans la cour : fourgonnettes, camionnettes, monospaces…

Un jeune lieutenant avait été chargé de compter les occupants. Trente-cinq personnes étaient désormais réunies à l'intérieur. Si leurs camarades de la police scientifique leur avaient fait remonter les résultats des prélèvements effectués dans la ferme, ils auraient su que, compte tenu de l'arrestation des trois voleurs à Niort, l'intégralité du gang était présente. Mais, comme décrit précédemment, la communication entre les différents services du ministère de l'intérieur était loin d'être efficace. Faute de disposer de cette information, les policiers et les gendarmes ne pouvaient donc qu'attendre d'éventuels voleurs supplémentaires.

Il était à présent évident que les membres du gang se réunissaient pour emporter le reste des œuvres stockées dans la grange. Mais ils ne semblaient pas pressés de faire leur affaire. En effet, les flics en faction entendaient des relents de conversation, des rires et, même, des chansons chantées à gorge déployée. Ça s'amusait sec, là-dedans. Et les odeurs du gueuleton qui se préparait rappelaient cruellement aux planqués que leur propre déjeuner se faisait loin. Mais tous étaient conscients des enjeux de l'opération.

Disciplinés, ils attendaient que leurs chefs respectifs leur en donnent l'ordre pour intervenir.

18.

Dans la grande cuisine de la ferme, l'ambiance était à son apogée. Ravis de se revoir, les membres du gang se racontaient leurs périples respectifs pour acheminer les œuvres dans la campagne en se congratulant à grand coup de claques dans le dos. Comme d'accoutumée, le vin coulait à flot et une paella géante dans une immense poêle en fonte cuisait lentement sur le feu de bois.

Seule Sylvie paraissait un peu inquiète en composant pour la cinquième fois le numéro des trois absents sur son téléphone portable :

- Je ne comprends pas pourquoi ils ne répondent pas. Et puis, avec Philibert dans leur équipe, ils ne devraient pas être en retard. Ce type a la ponctualité d'une horloge suisse. Bon sang, mais qu'est-ce qu'ils fabriquent !
- Te bile-pas, Sylvie, ils vont arriver. A tous les coups, ils se sont engueulés sur le chemin à propos de l'itinéraire et ils sont perdus au fin fond de la Drôme, la rassura un ch'ti bienveillant. Viens donc boire un coup. On s'inquiètera demain s'ils ne sont toujours pas là.
- J'aime pas ça. Je crois qu'il y a quelque chose qui ne tourne pas rond. Déjà, j'ai l'impression qu'on nous épie depuis notre arrivée…

- Qu'est-ce qui te fait dire ça ? Y a pas un chat et rien n'a bougé depuis qu'on est parti. Allez, viens donc boire un coup.

Personne d'autre ne semblait s'émouvoir de l'absence de Manon, Philibert et Ange. Tous étaient tout à leurs retrouvailles et les discussions allaient bon train.

A proximité de la porte d'entrée, Justine la normande et Morgane la bretonne s'écharpaient déjà sur la grandeur supposée de leurs régions :

- Bien sûr que si, y a bien plus de festivals en Normandie qu'en Bretagne : les Papillons de nuit, Jazz sous les pommiers, Cabourg mon amour, Rock in Evreux…
- Et alors, nous on a le Rock n'Solex, le plus vieux festival étudiant de France, le Festival du bout du monde, le plus perché des rendez-vous, les Vieilles Charrues, une pointure internationale évidemment…
- Ah, forcément, si on privilégie la quantité de public par rapport à la qualité des artistes, persifla Justine.
- Le Hellfest aussi, continua Morgane, le plus pointu dans le domaine du métal…
- Ah non, le Hellfest n'est pas en Bretagne, il est en Vendée, les interrompit le mayennais.
- Non, je ne crois pas, non. C'est en Loire-Atlantique, pas en Vendée. Et là on est en plein sur les Marches de Bretagne. Alors, historiquement, c'est quand même la Bretagne, hein !

- Tu vois que tu es pro-Poutine, Morgane ! C'est exactement avec le même genre d'arguments que la Russie a envahi la Crimée et le Donbass en Ukraine[63], énonça doctement le mayennais.

De son côté, Justine poursuivait :

- De toute façon, les bretons, ils ont intérêt à les faire larges, leurs chapeaux ronds, pour pouvoir y rentrer leur grosse tête gonflée par une fierté qui n'a pas de raison d'être ! Ils n'ont rien fait de particulier, ils se contentent de s'attribuer les gloires des autres. Même leur gwenadou…
- GWENN HA DU ! hurla Morgane. Et t'avise pas de l'insulter avec ta sale bouche d'enfant de Guillaume le Bâtard[64] !
- …leur gwenadou, ce drapeau blanc et noir qu'ils brandissent à chaque concert comme un héritage de leur culture, c'est qu'une création du XXème siècle ! Paye ton héritage historique !
- Mais je ne te permets pas, traîtresse de normande !

Indifférent à ce débat, l'ardéchois du groupe passa entre eux pour sortir soulager sa vessie contre un arbre. Alors qu'il s'éloignait paisiblement en déboutonnant sa braguette, ses pensées intégralement concentrées sur la vidange à venir, il entendit les feuilles mortes craquer derrière lui. Avant qu'il n'ait pu se retourner, une voix

---

[63] L'auteure précise que ce texte a été achevé en 2021, avant que la guerre en Ukraine ne fasse une entrée fracassante dans les médias européens.
[64] Sobriquet breton de Guilllaume le Conquérant

lui susurra à l'oreille de ne pas faire un bruit, ordre appuyé par le canon qui se pressait entre ses omoplates. En quelques secondes, il fut entravé et transporté silencieusement dans le quartier général de la police.

A l'intérieur de la ferme, la querelle se poursuivait et prenait des allures de règlement de comptes géopolitique au fur et à mesure que le conflit s'étendait à de nouveaux participants, chacun avec sa propre opinion. Kevin Bredot, jurassien, appelait vainement au calme. Il fut rapidement rembarré par le deux-sévrien :

- T'es bien placé, toi, pour nous faire la leçon, alors qu'avec Fred, vous avez passé deux heures dans l'hélicoptère à vous engueuler pour savoir si la bataille d'Alésia avait eu lieu à Alise-Sainte-Reine[65] ou à Chaux-des-Crotenay[66]. Tout ça pour savoir si les Gaulois s'étaient pris une déculottée par les Romains en Bourgogne ou en Franche-Comté ! On a vraiment les triomphes qu'on mérite.

- Ouais, autant dire qu'en Bourgogne-Franche-Comté, il n'y a pas beaucoup de raison de triompher ! surenchérit l'un des Savoyards avinés.

- Dites donc, les francs-comtois et les savoyards, vous qui êtes tous quasi suisses, là, vous êtes pas censés éviter les conflits et faire preuve de neutralité ? suggéra le mayennais qui n'était jamais en reste pour jeter de l'huile sur le feu. Vous pourriez peut-être

---

[65] Commune de Côte d'Or (Bourgogne)
[66] Commune du Jura (Franche-Comté)

arrêter de vous engueuler avec tout ce que vous avez en commun, non ?
- Quoi ?
- Il nous traite de quasi suisses ?
- Mais on va se le faire celui-là !

A l'autre bout de la pièce, Alan et Gwenaël, indifférents à la cacophonie générale, s'inquiétaient de la disparition de leur camarade ardéchois :
- Dis donc, ça fait un peu longtemps que Seb est parti pisser ?
- Franchement, avec tout ce qu'il s'est enquillé, ça m'étonnerait pas qu'il se soit endormi à la belle étoile.
- On devrait peut-être aller le ramasser. Fait pas chaud cette nuit.
- Ouais, t'as raison.

Les deux compères sortirent à leur tour de la ferme. Leur capture fut à peine moins discrète que celle de leur camarade, mais fort opportunément pour les forces de l'ordre, la dispute à l'intérieur faisait rage et les menaces proférées couvrirent largement le bruit de la double arrestation :
- Mais je vais le crever, lui, là, l'autre morveux du Morvan[67] !
- Tu vas la goûter, ma poigne de petit suisse, tu vas voir ! Je vais te remettre les pendules à l'heure !

---

[67] Le Mordor de la Côte d'Or

- Si tu supportes pas d'entendre la vérité, fallait te crever les tympans !
- Tu sais quand est-ce qu'on sait qu'on est arrivé dans le Morvan ? Quand les charolaises[68] sont plus belles que les femmes !
- En fait, le Morvan, c'est un peu comme la Normandie ?
- Même notre cidre est meilleur que le vôtre !
- Qu'est-ce qu'il me dit l'autre ? Il fait honneur à l'adage « con comme un Bourguignon » !
- Tu sais pourquoi il devrait y avoir un « H » devant « alsacien » ? Parce que jamais, jamais, jamais de liaison avec ces gens-là !

Le brouhaha confus s'accroissait de seconde en seconde et il était devenu impossible de distinguer les voix de chacun. Naturellement, puisque les cordes vocales ne suffisaient plus à imposer sa supériorité, les agressions verbales se muèrent en bataille rangée. La table se renversa dans un fracas assourdissant. Au milieu de la pièce, Nadine, la messine du groupe, une bouteille de chatus[69] dans chaque main sauvées in extremis de la catastrophe appelait au calme. Fatima la bouscula :

- Toi, la lorraine, c'est pas la peine de nous faire la leçon, hein !

---

[68] Race bovine
[69] Petit rouge ardéchois dont l'auteure recommande vivement la consommation.

L'intéressée lui renversa le contenu d'une des bouteilles de vin rouge sur la tête. L'alsacienne, trempée, son chemisier blanc devenu bordeaux, hurlait :
- De toute façon, on ne peut pas faire confiance à un lorrain, tout le monde le sait ! Souvenez-vous des massacres de 1525[70] !

Pendant ce temps, le deux-sévrien attrapa un immense plateau de fromages sous cloche bien garni qui attendait patiemment son heure sur le vaisselier et le jeta sur la tête de la normande, sans que nul ne comprenne quelle rivalité pouvait bien opposer ces deux ressortissants de régions si éloignées. Mais la normande venait de se pencher et le projectile manqua sa cible. Le plateau poursuivit donc sa course et s'écrasa avec fracas sur le mur, le repeignant dans des tons jaune orange.

Feu d'artifice olfactif !

Le munster dégoulinait sur le reblochon. La fourme d'Ambert avait fusionné avec un saint Marcellin bien fait. Du fromage frais, très frais, de brebis piémontaises se répandait sur le sol sur un fond de roquefort dans lequel se noyaient mont d'or, brie, camembert, morbier et toutes sortes de tomes.

L'un des ch'tis vociférait :
- Mais merde, pas le plateau à fromages ! Bon sang, ce que vous voulez mais pas le plateau à fromages !

---

[70] Lors de la guerre des Rustauds, le duc de Lorraine a ordonné une intervention militaire contre les paysans alsaciens révoltés qui a conduit au massacre de plusieurs milliers d'entre eux.

Il rejoignit la mêlée en hurlant. Au milieu de ce capharnaüm, quelqu'un eut la présence d'esprit d'ouvrir la porte et la moitié du gang entreprit de pousser l'autre moitié dehors pour limiter les dégâts.

Les plus virulents continuaient à se battre dans la cour dans un festival d'injures que seuls ceux qui les débitaient parvenaient à comprendre :

- Cervilagingel[71] !
- Ferme eut' bouk', tin nez y va kère eud'dins[72] !
- Cheulard[73] ! Tu menaces mais c'est tout c'que tu sais faire !
- Bande Niots[74] ! Je vais vous apprendre la politesse !
- Arschloch[75] !
- TU pech an arschloch[76] !
- Kargedoull ! Bramm kog[77] !

Alors que les insultes fusaient, un projecteur immense éclaira soudain la scène. L'échauffourée prit fin immédiatement. Chacun des protagonistes s'immobilisa dans la position grotesque dans laquelle il se trouvait, le souffle court. L'amas de bras et de jambes enchevêtrés

---

[71] Asticot à cervelas ! (alsacien)
[72] Ferme ta bouche, ton nez va tomber dedans ! (ch'ti)
[73] Grande gueule ! (franc-comtois)
[74] Crétins ! (normand)
[75] Fondement [en termes plus crus, naturellement] ! (alsacien)
[76] C'est TOI le fondement ! (alsacien)
[77] Ivrogne ! Pet de coq ! (breton)

sur le sol fut mis en joue par plusieurs pistolets. Sorbier, un mégaphone à la main, siffla la fin de la partie :
- On ne bouge plus. Vous êtes tous en état d'arrestation. On s'allonge, les mains derrière la tête. Le premier que je vois faire un geste suspect, on lui colle une balle dans le pied. C'est clair ?

Stupéfaits, les membres du gang qui se trouvaient dehors opinèrent du chef et s'exécutèrent.
- Vint Diou, on s'y est bien fait arsouiller[78].

A l'intérieur de la maison, on comprit plus vite que dehors ce qui se passait en voyant les silhouettes sombres des policiers et des gendarmes sortirent de l'ombre et l'on se dépêcha de calfeutrer les ouvertures avec tous les meubles de la pièce : le vaisselier fut poussé à la hâte devant la porte, deux armoires furent déplacées devant les fenêtres, l'immense table fut renversée contre l'ensemble et les bancs furent ajoutés à la perpendiculaire pour bloquer le tout contre le mur du fond.

Quentin, l'un des ariégeois, courut chercher des armes planquées sous un lit à l'étage.
- Bon sang, on avait dit pas d'armes à feu dans la maison ! râla Sylvie.
- Ouais, ben maintenant qu'on en a besoin, t'es bien contente de les avoir, non ?

Mais Quentin était le seul chasseur parmi la dizaine de membres du gang encore à l'intérieur de la ferme. Il

---

[78] Mince, nous avons bien été eus. (savoyard)

distribua donc les quatre fusils restants à ses camarades en leur montrant brièvement comment les tenir et les posta à proximité des ouvertures condamnées. La tension était à son paroxysme.

Bixente, basque qui n'avait pas hérité de la lourde charge de manipuler une carabine, mangeait directement dans la poêle ce qui avait pu être sauvé de paella. Quentin l'alpagua :

- T'as rien d'autre à faire que de manger en ce moment ?
- Tu sais, moi, le stress, ça m'ouvre l'appétit. Et puis, je ne suis bon à rien quand j'ai l'estomac vide.

Dehors, les belligérants menottés dans la cour furent transportés auprès de Sébastien, Gwenaël et Alan dans la maison voisine qui faisait office de quartier général de la police. Ceux-ci s'émurent des conditions de leur arrestation en voyant les nombreux coquards en train d'apparaître sur les visages de leurs amis :

- Vous avez été cognés par les cognes ?
- On portera plainte !
- On appellera la presse ! Les violences policières, ils aiment bien ça, les journalistes.

Les nouveaux prisonniers échangèrent des regards penauds à travers leurs yeux pochés. Comme ils ne répondaient pas, l'un des policiers qui les escortait expliqua à l'ardéchois et aux bretons que ces blessures n'avaient rien à voir avec leurs matraques et que les blessés se les étaient causées eux-mêmes avant leur interpellation en se battant comme des chiffonniers, ce qui avait d'ailleurs grandement facilité leur arrestation.

Depuis la cour de la ferme, Sorbier s'adressait désormais aux occupants assiégés, toujours à travers son mégaphone :

- Je sais que vous êtes encore dix à l'intérieur. Il y a des policiers partout. Et des gendarmes, ajouta-t-il sous le regard appuyé de la commandante de gendarmerie. La maison est encerclée. Vous ne pouvez pas vous enfuir. Sortez les mains derrière la tête, sans gestes brusques.

Un coup de fusil résonna à l'intérieur.

- Mais c'est pas vrai, fais attention, t'aurais pu blesser quelqu'un, chuchota Quentin.
- Je suis désolée, je ne me suis jamais servi de ça, moi, murmura Nadine. Je pensais qu'il y avait une sécurité.
- Il y a une sécurité, mais il faut la mettre en place pour qu'elle soit utile ! Regarde, tu la mets comme ça, et tu l'enlèves comme ça, dé-li-ca…

Nouveau coup de feu.

- Ben pour quelqu'un qui est censé s'y connaitre, t'as pas l'air bien doué pour manier les armes non plus, souffla Nadine…

Deux coups de fusil successifs résonnèrent encore à l'autre bout de la cuisine. Nadine et Quentin se tournèrent, éberlués, vers Momo, un marseillais à qui Quentin avait remis une arme en étant persuadé qu'il avait l'habitude de s'en servir, et qui se tenait fusil à l'épaule posté devant l'évier, face à l'amas de meubles obstruant la seconde fenêtre.

- Mais tu fous quoi ?
- Ben, j'ai cru qu'on tirait pour leur faire peur. Alors j'ai tiré dans l'armoire.
- Tiens, c'est pas bête comme stratégie, convint Sylvie. De toute façon, c'est pas comme si on comptait réellement leur tirer dessus alors les balles ne vont pas nous manquer.

La petite bande retranchée se concerta du regard et valida l'idée par un hochement de tête général.

Ceux disposant d'armes se mirent à tirer simultanément en l'air ou dans les murs. Ce qui ne fut pas sans conséquence. Dans un fracas immense, le lustre s'effondra là où se trouvait auparavant la table de ferme.

Un peu partout, des éclats de plâtre retombaient sur les tireurs et leurs acolytes.

Dehors, Sorbier hurlait dans son mégaphone :

- BON SANG ! MAIS C'EST PAS VRAI ! ILS NOUS LA JOUENT FACON JONESTOWN[79] ! DEFONCEZ-MOI CETTE PORTE, IL FAUT LES ARRÊTER AVANT QU'ILS NE SE SUICIDENT TOUS !

Les forces de l'ordre entreprirent de donner l'assaut. Mais le vaisselier, les armoires, la table et les bancs, tous en bois massif, jouaient fort bien leur rôle.

---

[79] En 1978, à Jonestown (Guyana), 914 personnes trouvèrent la mort lors de ce massacre orchestré par Jim Jones, le gourou du temple du peuple, sous la forme d'un suicide collectif plus ou moins consenti par les victimes.

- Ah, c'est pas de l'étagère Ikéa, ça, hein ! leur criait Momo en continuant de presser la gâchette de son arme à cours de munitions. Ils sont pas prêts de réussir à entrer, ajouta-t-il à l'attention de ses camarades assiégés qui ne purent l'entendre puisqu'ils étaient tous assourdis par les multiples coups de feu tirés à l'intérieur.

Après plusieurs tentatives, les policiers et les gendarmes semblèrent renoncer. Plus aucun bruit ne filtrait depuis l'extérieur jusqu'à la cuisine.

- On fait quoi, maintenant ? demanda Bixente à la ronde.
- Ben, on a quelques provisions pour passer la nuit, mais y a plus de vin puisque Nadine a eu l'intelligence de baptiser Fatima avec l'avant-dernière bouteille et que Momo a tiré sur l'autre, constata Ludovic, le deux-sévrien, en adressant un regard accusateur aux intéressés.
- Oh, ça va, on aurait aussi du fromage si tu ne l'avais pas lancé sur le mur ! rétorqua Momo.
- Ouais, ben une bouteille de pinard ça peut aider à réfléchir pour résoudre les problèmes alors qu'on a jamais vu un plateau de fromages résoudre un conflit !

Déjà, Ludovic et Momo se faisaient face au centre de la cuisine. Sylvie s'interposa :

- Sérieusement, les gars ? Vous trouvez qu'on n'a pas assez d'ennemis qui nous attendent dehors ? Vous voulez encore vous battre à l'intérieur ? Allez, tout le monde s'assoit et on réfléchit calmement. La problématique est simple, en plus. Tôt ou tard, faudra bien qu'on sorte de là. La question, c'est est-ce qu'on a une chance de s'enfuir ou est-ce qu'il vaut mieux se rendre tout de suite ?

Leur réflexion fut interrompue par les sirènes de camions de pompiers.

- Ils vont nous noyer en remplissant la maison d'eau par la cheminée ! paniqua Bixente.
- Mais non, ils doivent penser qu'on a des blessés, objecta Quentin.
- Et puis, les pompiers ont des haches et l'habitude de défoncer les portes, remarqua Momo alors que les premiers coups s'abattaient sur la porte et les fenêtres.

Effectivement, dehors, les combattants du feu s'activaient pour détruire tout ce qui obstruait l'accès à la cuisine.

Au même moment, une escouade de gendarmes et de policiers utilisait l'échelle du camion de pompiers pour accéder silencieusement aux fenêtres du premier étage. Ils surprirent les assiégés, concentrés sur les coups de haches. Ces derniers se rendirent sans résistance.

Après les avoir comptés et recomptés pour être certains qu'un cadavre ne traînait pas dans un coin, Sorbier appela le ministre de l'intérieur pour lui annoncer fièrement que « l'arrestation des membres du gang présents dans la ferme s'était déroulée sans incident et sans blessés graves, de part et d'autre ».

- Encore heureux, Sorbier, répondit Pasquel. Nous parlons d'une bande de campagnards amateurs d'art, n'est-ce pas, pas d'une milice étrangère armée et entraînée pour tuer.

Dans la planque des forces de l'ordre, tous les membres du gang étaient assis dos aux murs du salon du rez-de-chaussée, les mains et les pieds entravés, sous la surveillance du policier qui lisait plus tôt tranquillement son journal dans le fauteuil face au feu. Les prisonniers étaient un peu groggys, stupéfaits de s'être fait avoir si vite après que tant de temps se soit écoulé sans éveiller le moindre soupçon.

- La seule chose qui me réjouit, c'est de savoir que Manon, Ange et Philibert s'en sont tirés, puisqu'ils ne sont pas là, remarqua Sylvie.

Le policier de garde, entendant ces paroles, les fixa alors d'un air goguenard :

- Vous parlez de Manon Mace, Ange Santini et Philibert de Montalembert ?
- Pourquoi ? demanda Sylvie.
- Parce que vous les retrouverez bien vite à Fleury-Mérogis, répondit le policier. Arrêtés hier, alors qu'ils transportaient des œuvres volées.
- A tous les coups, c'est la faute de Philibert, énonça Momo.
- Bon sang, Philibert au trou. Qu'est-ce que je ne donnerais pas pour voir sa tête de ventre à choux en ce moment, confia Ludovic.

Malgré la situation dans laquelle ils se trouvaient, les membres du gang ne purent s'empêcher de sourire en imaginant leur précieux dandy derrière les barreaux.

19.

Les vacances de la Toussaint touchaient à leur fin. Dans le train pour Paris, qui affichait complet, les quatre filles de Leclerc jouaient au jeu des sept familles. Solange somnolait et Leclerc, comme la plupart des autres voyageurs, paraissait absorbé par son smartphone.

Ils avaient finalement passé deux semaines à Aillon-le-Neuf, la seconde s'étant avérée plus reposante.

En effet, les touristes et les divers commerces ambulants qui avaient déferlé sur le village avaient quitté les lieux aussi vite qu'ils les avaient investis lorsque le préfet avait fait dresser des échafaudages gigantesques autour de la tour Eiffel pour permettre à des entreprises spécialisées de la démonter tranquillement en vue de l'acheminer à Paris pour l'y remonter.

Marie et Jean avaient profité de ce retour au calme pour emmener Louise, Sonia, Elsa et Lucie dans de longues promenades au cours desquelles ils avaient tâché de leur apprendre le nom des plantes et des vallées tandis que Solange et Leclerc avaient employé ce rare temps libre à deux pour se rabibocher définitivement. Ce dernier avait d'ores et déjà posé son préavis pour sa chambre de bonne. Il n'avait plus qu'à déménager les quelques affaires qui s'y trouvaient chez Solange à son retour. Et trouver une formulation adéquate pour l'annoncer à Angélique.

Tout en cherchant la meilleure manière d'annoncer son emménagement avec Solange à Angélique, sa seconde ex-femme légèrement jalouse, Leclerc faisait nonchalamment glisser son doigt sur l'écran de son téléphone portable pour faire défiler les articles de la presse quotidienne.

Au milieu d'informations toutes plus cruciales les unes que les autres – « Un chat sauve son maître d'une mort certaine » ; « Impôts locaux : ce qui va changer l'an prochain » ; « Un drone s'écrase sur le local technique d'une école maternelle et provoque un incendie, cinq morts dont quatre enfants » - un titre retint son attention :

Prison à vie pour les voleurs de la tour Eiffel ?

Lundi s'ouvrira ce qui s'annonce comme l'un des plus grands procès de l'année, celui du vol de la tour Eiffel et de nombreuses œuvres d'art dont vous pouvez retrouver la liste complète en cliquant sur ce lien (réservé aux abonnés Premium). Ceux que l'on connaît désormais comme le gang des voleurs de monuments comparaîtront devant la Cour d'assises de Paris, compte tenu de la gravité des faits qui leurs sont reprochés. Ils sont mis en accusation pour des faits de vol, de recel et d'atteinte aux intérêts fondamentaux de la nation.

Une source proche du ministère de l'intérieur a indiqué à nos services que l'ensemble des voleurs a été arrêté dans la Creuse où ils disposaient d'une maison utilisée pour stocker leur butin. Actuellement détenus à Fleury-Mérogis dans l'attente de leur procès, les auditions se poursuivent chaque jour pour comprendre le mode opératoire qui leur a permis de subtiliser tant d'œuvres au nez et à la barbe de tous...

- Tiens, t'as vu, Solange ? Ils ont arrêté les types qui ont volé la tour Eiffel.
- Mmmmm, est-ce vraiment nécessaire de me réveiller pour me le dire ?
- Ben, c'est quand même grâce à eux qu'on a rencontré Lucien, Jean et Marie, qu'on a pu emmener les petites en vacances à la montagne et que j'ai fait mon chiffre annuel en une seule semaine. Ça me fait mal au cœur de me dire qu'ils vont croupir en prison. Ils n'ont fait de mal à personne.

Assis en face de Solange et Leclerc, un homme jusqu'alors perdu dans la lecture d'un roman d'amour prit inopinément part à leur conversation :

- Cher Monsieur, je n'ai pas pu m'empêcher d'entendre ce que vous disiez et je dois vous dire que je ne suis absolument pas d'accord avec vous. Ces voyous ont fait du mal à tous les parisiens. A tous les touristes qui viennent visiter la capitale. Ils ont privé Paris de nombre de ses merveilles ! Comme ça, égoïstement. Si chacun agissait comme eux, l'on viendrait dépouiller tous les musées et toutes les places de France au profit de son jardin ou du chemin qui passe devant chez soi...

Sa voisine referma son journal :

- Ah, Monsieur, je ne peux pas vous laisser dire ça. Ce ne sont pas des égoïstes puisqu'ils ont permis à d'autres de profiter de ces trésors qui, depuis des siècles, sont cantonnés à faire la joie uniquement des parisiens et des touristes.
- Au détriment desdits touristes, Madame, rétorqua une dame âgée depuis la rangée de sièges située immédiatement derrière la leur. Et s'il n'y a plus rien à voir à Paris, la Ville Lumière tombera en désuétude ! Les visiteurs se feront rares ! L'économie en pâtira et la réputation de la France s'effondrera !
- Ouais, c'est vrai, elle a raison la vieille, approuva un jeune homme en survêtement assis près d'elle, oubliant un instant que, depuis le début du trajet, la vieille dame ne cessait de le fixer d'un air réprobateur car il regardait des extraits de match de football sur son téléphone sans en couper totalement le son. Si y a tout ça à Paris, c'est parce que les parisiens le méritent ! Ils se sont battus pour.
- Je crois que ce que mon jeune ami essaie de dire, c'est que ces œuvres appartiennent à Paris en raison de l'histoire qui les y a mises, reprit la dame âgée. Les déraciner leur fait perdre leur sens.

L'homme au roman d'amour et la femme au journal s'étaient levés pour discuter avec la vieille dame et le jeune homme derrière eux.

Leclerc et Solange, interloqués, se contentaient d'assister silencieusement à cet étrange débat.

- C'est un peu facile, ça, de considérer que ces œuvres appartiennent à Paris juste parce qu'elles y ont été amenées au gré des conquêtes ! argua la femme au journal. Les armées qui ont ramené certains trésors antiques à la capitale étaient composées de combattants enrôlés dans toutes les campagnes françaises, par exemple. Toutes les campagnes devraient donc en avoir leur part !

Ce dernier argument avait été asséné avec une voix plus forte, peut-être car la femme au journal défendait seule l'action du gang des voleurs de monuments face aux trois autres. Ce qui ne manqua pas d'attirer l'attention des autres voyageurs assis dans le même compartiment.

- Bien sûr, on pourrait mettre un tableau par-ci et, trois cents kilomètres plus loin, une sculpture par là… On disperserait ainsi un trésor dont plus personne ne tirerait aucun bénéfice, car l'intérêt de Paris, c'est de rassembler toutes ces pièces au même endroit ! Lorsqu'on émiette trop un gâteau, plus personne ne tire de plaisir à le manger, signifia la vieille dame.

Un quadragénaire qui suivait la joute verbale depuis quelques répliques se leva alors au milieu du wagon :

- Moi, ce que je crois, c'est que vous êtes des parisiens et, par nature, vous estimez donc que le reste de la France vous doit tout. Mais c'est faux ! Pour le reste de la France, Paris n'est qu'une capitale trop coûteuse où sont prises des décisions aux antipodes des besoins locaux. C'est la centralisation qui tue la France !

- Quel est le rapport entre la centralisation et l'arrestation du gang des voleurs de monuments ? interrogea naïvement Leclerc.
- Mais c'est le nerf de leur guerre ! répondit avec conviction le quadragénaire. Redistribuer les œuvres de la capitale en province aujourd'hui, c'est redistribuer demain les richesses générées par Paris au profit de tous ! C'est lutter pour l'égalité équitable, pour la fraternité, pour la liberté, aussi, en refusant que tout se décide toujours à Paris ! C'est une petite révolution à laquelle nous assistons !

Une petite femme en robe à carreaux interrompit ses mots croisés :

- C'est surtout priver le pays tout entier de ses richesses : combien de touristes iront au fin fond de la Lozère pour contempler UNE œuvre ? Alors que, rassemblées à Paris, leur nombre fait leur force. Et rien n'interdit aux français de venir eux-mêmes visiter Paris, que je sache !
- Encore faut-il en avoir les moyens ! On a pas tous des salaires de parisiens !
- On a les loyers qui vont avec nos salaires, à Paris ! Faudrait veiller à pas l'oublier ! Et vos voleurs de Province, là, ils auraient sûrement pas le luxe de prendre le temps de déplacer des statues un peu partout s'ils avaient des vrais boulots avec des horaires parisiens !

Dans toute la rame, des oreillettes étaient retirées de leurs oreilles, des ordinateurs se verrouillaient, des livres se rangeaient dans un sac. Chacun interrompait ses activités pour profiter de l'échange, voire pour prendre parti. Une adolescente qui mangeait son sandwich allongée sur deux sièges avait même suspendu sa mastication pour ne pas rater une seule réplique de la polémique naissante.

En quelques minutes, deux camps se formèrent : ceux qui cautionnaient l'action du gang des voleurs de monuments et ceux qui appelaient à une punition exemplaire. La discussion autour du sort réservé aux voleurs d'œuvres d'art s'était muée en une remise en cause générale des fondements de la société française. Et quiconque serait entré à ce moment-là dans le wagon aurait pu se demander si une guerre civile avait éclaté tant les interlocuteurs étaient hargneux. Notamment le couple improbable que formait une vieille dame propre sur elle et un jeune sorti tout droit des banlieues, l'une pointant sa canne menaçante sur leurs détracteurs tandis que l'autre gonflait ses pectoraux.

Le ton montant de part et d'autre, Leclerc et Solange ramassèrent discrètement leurs affaires et évacuèrent leurs quatre filles vers un autre wagon, plus calme.

- Et ben, si on m'avait dit que de parler des voleurs de monuments déclencherait une révolution dans le TGV de 17H12… J'aurais tenu ma langue.
- A mon avis, on n'a pas fini d'en entendre parler, de ce procès, conclut Solange.

20.

Ce que les journaux n'hésitaient pas à qualifier de procès du siècle s'ouvrit effectivement le lundi suivant.

Les investigations préalables avaient été étonnamment courtes pour préparer la mise en jugement d'une affaire d'une telle ampleur. Ceci s'expliquait par la coopération absolue des prévenus, qui avaient immédiatement avoué et répondu à toutes les questions des enquêteurs avec honnêteté. En effet, lors de leur première audition commune, les uns et les autres s'étaient brièvement concertés et avaient décidé de ne pas mentir. Après tout, comme le disait Philibert : « Tout est perdu, fors l'honneur »[80].

Le palais de justice de Paris accueillait donc, dans sa plus grande salle d'audience, tous les acteurs de ce procès hors norme et les heureux spectateurs ayant réussi à s'y installer. Compte tenu du nombre d'accusés, la disposition de la pièce avait été revisitée pour ajouter des sièges.

---

[80] Ces mots sont attribués à François Ier, lorsqu'il perd lamentablement la bataille de Pavie et y est fait prisonnier. En réalité, la citation exacte, qui apparaît dans une lettre adressée après cette défaite à sa mère, Louise de Savoie, est « Madame, pour vous avertir comment se porte le ressort de mon infortune, de toutes choses ne m'est demeuré que l'honneur et la vie qui est sauve ». Le sens demeure.

En effet, pas moins de trente-huit prévenus[81] assis derrière leur défenseur en robe noire faisaient face à l'avocat général[82].

A ses côtés, les avocats des parties civiles[83], nombreux, relisaient leurs notes. Etaient ainsi représentés la ville de Paris, les différents musées où étaient initialement exposées les œuvres, les familles et fondations qui en étaient propriétaires et la petite commune d'Aillon-le-Neuf, dont le maire avait flairé là le possible octroi de dommages et intérêts qui pourraient venir garnir directement les caisses du village, pourtant déjà bien pleines.

Au centre du banc des juges, la présidente de la Cour[84], entourée de ses assesseurs[85], présidait la salle, ainsi que son titre le laisse entendre. A proximité, six jurés[86] dévisageaient les accusés avec curiosité. Devant eux, le greffier[87] se tenait prêt à prendre en note les débats. Enfin, les deux tiers de la salle était emplis de

---

[81] Accusés dont la culpabilité n'a pas encore été retenue

[82] Accusateur public moderne, sorte de super procureur spécialisé en super criminels comparaissant aux assises

[83] Victimes à titre personnel du crime - Exemple : Anne vole un bonbon à Roger. Anne est poursuivie par le procureur car le vol est interdit par la loi et que son crime porte atteinte à toute la société. Mais Roger, lui, est victime à titre personnel du vol. Il pourra donc se constituer « partie civile » pour obtenir le remboursement du bonbon qui lui a été volé.

[84] Juge en chef

[85] Autres juges assistant le juge en chef

[86] Chanceux citoyens lambda qui, parce qu'ils ont été tirés au sort pour être membres du jury, devront déterminer à l'issue du procès s'ils estiment que les accusés sont innocents ou coupables

[87] Gratte-papier multitâche auprès duquel vous pouvez vous informer sur le rôle de chaque partie si vous vous êtes perdu au cours des dernières notes de bas de page.

journalistes avides de relater dans leurs colonnes le déroulé du premier jour de ce procès particulièrement suivi par les français.

- Expliquez-moi encore une fois comment vous avez procédé pour dérober toutes ces œuvres sans vous faire prendre, demanda la présidente pour la seconde fois de la matinée.

A la barre, Sylvie, en tant qu'initiatrice des opérations, réexpliqua comment ils avaient procédé.

Les tableaux, les vitraux, les objets d'une taille réduite, dans un premier temps. Petit à petit. Jour après jour. Au détour de balades faussement romantiques, par équipe, en les remplaçant systématiquement par des copies de bonne facture.

Les sculptures dans les parcs, les ornements des façades, ensuite. De jour, de nuit, au gré des instants désertés par les éventuels témoins gênants. Un travail de longue haleine. Des heures et des heures à patienter, l'air de rien, à proximité de l'objet du prochain larcin.

Le tout rendu possible par l'infiltration du centre de supervision urbaine, c'est-à-dire du centre de commandement de la vidéosurveillance des rues parisiennes, où quelques informaticiens du gang étaient chargés d'une part, de vérifier que la voie était libre avant chaque opération de substitution et, d'autre part, de remplacer les images de vidéosurveillance en temps réel par des passages enregistrés les jours précédents.

Un boulot titanesque, en amont, de montage et de référencement pour diffuser le bon morceau au bon moment, en tenant compte de la météo, des imprévus.

Pour que personne ne se doute de rien.

Au passage, Sylvie en profita pour remercier l'Etat d'avoir implanté tant de caméras qui avaient largement facilité leur travail pour s'assurer que les lieux étaient vides et pour contrer instantanément les éventuels importuns qui auraient voulu passer par là. Travaux, fuites de gaz, attentats, tout y était passé pour éloigner les badauds.

Attentats, justement. La stratégie qu'ils avaient retenue pour s'attaquer aux musées. Les fameux attentats du mois d'avril qui n'avaient fait aucun mort. « Grâce au professionnalisme et à la compétence de nos forces de l'ordre », s'était félicité à l'époque le ministre de l'intérieur.

Des attaques d'envergure menées simultanément au Louvre, au musée du Quai d'Orsay, au centre Georges Pompidou, au musée du Moyen Age, et dans tant d'autres centres culturels de la capitale… Là aussi, grâce à un minutieux montage réalisé à l'avance, ils avaient pu diffuser des images créées de toutes pièces montrant de faux terroristes retenant de faux otages dans de vraies salles du musée, suffisamment lourdement armés et organisés pour que soit ordonnée l'évacuation totale de tous ces lieux. Cela leur avait permis de gagner le temps nécessaire pour décrocher et remplacer les œuvres subtilisées.

Remerciements, également, aux faussaires, dont le travail avait été d'une précision incroyable : personne ne s'était rendu compte de rien. Et pourtant, les membres du gang savaient de source sûre que l'un des tableaux qu'ils avaient ainsi substitués était parti dans les ateliers de restauration du Louvre depuis. Ils restaient d'ailleurs étonnés que la supercherie n'ait pas été révélée à cette occasion.

Les plus grosses pièces, enfin, la tour Eiffel, le Génie de la Bastille et quelques mastodontes de pierre, avaient été hélitreuillés en une seule nuit grâce à des appareils empruntés à l'armée et conduits brillamment par leurs apprentis aviateurs.

- En somme, conclut Sylvie, rien de tout cela n'aurait été possible sans ce rigoureux travail d'équipe qui a réuni des individus plus compétents les uns que les autres…
- Merci Madame, vous n'êtes pas là pour vous congratuler mutuellement, nous ne sommes pas à une soirée des oscars.

Sylvie se rassit sur le banc des accusés, non sans fierté.

La présidente donna la parole à l'avocat général chargé de porter l'accusation. Maître Alaoui était un homme petit, sec, chaussé de lunettes bleues électrique qui semblaient avoir été choisies pour atténuer son austérité générale mais qui, finalement, ne parvenaient qu'à mettre en exergue son ascétisme par contraste. Il s'exprimait dans son micro sur un ton monocorde, presque à voix basse, ce qui teintait automatiquement de mépris chacune de ses paroles :

- Madame la Présidente, Messieurs les Juges, Mesdames et Messieurs les Jurés, vous êtes réunis ce jour pour statuer sur la culpabilité et la condamnation de trente-huit individus qui ont tous participé à une épopée criminelle peu commune. Trente-huit individus qui ont organisés des vols à grande échelle. Je vous précise que leurs complices intervenus pour disséminer le fruit de leurs larcins un peu partout seront jugés, eux, dans des tribunaux régionaux. En tout, ce sont quatre cent dix-sept tableaux, sculptures et œuvres diverses qui ont été dérobés, partiellement ou totalement. Ces trente-huit individus qui comparaissent devant vous ont reconnu les faits dans leurs auditions. Ils sont donc tous coupables de vol commis en bande organisée, faits passibles de quinze ans de réclusion criminelle...

On entendit distinctement les accusés discuter :
- C'est quoi la réclusion criminelle ?
- L'emprisonnement.
- Ah, oui, bien sûr. Ce serait plus simple de parler de prison...

L'avocat général les fit taire par un austère mais bruyant raclement de gorge et reprit, d'une voix toujours monotone :
- ...de quinze ans de réclusion criminelle - c'est-à-dire, effectivement, de quinze ans d'emprisonnement - et de 150 000 euros d'amende. En outre, les accusés se sont également rendus coupables de recels en bande organisée, faits eux-mêmes passibles de dix ans d'emprisonnement et de 750 000 euros d'amende.

Notons, d'ailleurs, que, conformément à l'article 321-3 du code pénal, ces amendes peuvent être élevées jusqu'à la moitié de la valeur des biens recelés ce qui, dans le cas présent, laisse une marge relativement importante, vous en conviendrez.

Mouvements sur le banc des accusés :
- Ben, c'est pas l'amende ou la prison ? On peut aller en prison et payer quand même ?
- Vous croyez qu'on se divise la condamnation entre nous tous ou qu'on est chacun condamné à la même chose ?
- Même si c'est divisé, y a que Philibert qui pourrait payer sa part…

La présidente les interrompit :
- Silence dans les rangs ! Monsieur l'Avocat Général, quelles sont vos réquisitions ?
- Compte tenu de la gravité des faits, de leur portée symbolique et de la désinvolture dont ont fait preuve les accusés au cours des interrogatoires, je vous invite à retenir les peines maximales prévues pour ces infractions. En outre, de faux attentats ont été organisés, contribuant à enraciner la peur qui accompagne déjà chacun de nos concitoyens au quotidien…

A ces mots, Manon, l'artificière aptoise, se leva frénétiquement du banc des accusés sous le regard inquiet de ses camarades qui, connaissant le personnage, craignaient qu'elle n'aggrave leur cas :

- Alors là, je vous arrête tout de suite ! On a sûrement moins fait peur aux français avec nos faux attentats sans victime que vous avec vos vraies consignes de sécurité dans les trains depuis 2015, vos affiches dans tous les lieux publics pour apprendre à se cacher sous les bancs, vos lois liberticides à tour de bras et votre plan « vigipirate » tout en nuances dont on se demande à chaque fois quelle sera la couleur suivante : Pourpre ? Ecarlate ? Cramoisi ? Fraise écrasée ? Et puis, bon sang, « vigie » - « pirate » ? Vous avez l'impression que c'est une chasse au trésor, la lutte contre le terrorisme ?

- Madame, l'arrêta la présidente, je vous prie de vous rassoir et de ne pas parler si l'on ne vous y invite pas ! D'ailleurs, j'invite votre représentant, Maître Fournier, avocat commis d'office auprès de la Cour, à nous présenter votre défense à tous - d'un geste, elle interrompit l'avocat général qui s'agitait pour indiquer qu'il n'avait pas fini d'énoncer ses chefs d'accusation – nous allons examiner dans un premier temps le vol et le recel d'œuvres d'art. Nous nous intéresserons aux faux attentats ensuite. Ce n'est peut-être pas conventionnel, mais il s'agit d'un procès relativement extraordinaire et je ne tiens pas à ce que nous perdions nos jurés dans un inventaire à la Prévert des charges pesant sur les accusés. Maître Fournier, c'est à v...

Manon, toujours debout, reprit la parole :

- Et pourquoi qu'on a un avocat ? Et commis d'office, en plus. Ça sonne comme commis de cuisine, ça ! Ça ne me plait pas du tout. Quand je vais dans un grand restaurant, je veux manger des plats préparés par le chef, pas par le commis. Quand je vais aux assises, c'est pareil. Et puis je peux très bien me défendre moi-même. Il ne me fait pas peur, à moi, votre avocat général !
- Nul ne se représente lui-même devant le tribunal pénal, Madame, lui indiqua la présidente.
- Ben, c'est quand même un peu idiot, hein. Après, faudra pas s'étonner si la justice coûte si cher, rétorqua Manon.
- Mais, enfin, il s'agit d'une mesure destinée à vous protéger : vous bénéficiez ainsi d'une bonne représentation, par quelqu'un qui connait la loi et est à même de défendre au mieux vos droits, expliqua pédagogiquement la présidente.
- La loi n'aurait qu'à être un peu plus claire et chacun pourrait se défendre seul, non ? Enfin, j'ai bien compris qu'on a pas le choix, alors tant pis. Mais on aimerait quand même bien être jugé ailleurs qu'à Paris ! N'importe où ailleurs. Vous comprenez que, vu notre but, c'est un peu ironique de comparaître dans la capitale.

Les camarades de Manon opinèrent tous du chef en soutien à ses propos.

- Vous êtes jugés là où vous avez commis vos crimes, comme le prévoit la loi, réfuta la présidente.
- Nos crimes, nos crimes, c'est un peu fort de café quand même. On a tué personne. Tout au plus a-t-on « emprunté » avec mille diligences une partie du patrimoine artistique et culturel français. Et, puisque nous sommes français, et que nous l'avons redonné à des français, est-ce qu'on peut vraiment considérer que l'on s'est volé nous-mêmes ?

A l'écoute du raisonnement tenu par l'aptoise, maître Fournier, l'avocat commis d'office du gang, eut soudain une idée invraisemblable, fulgurante. Lui qui, jusqu'alors, suait à grosses gouttes en attendant que ne vienne son tour de parler, reprit brusquement des couleurs. Il se jeta sur son crayon et commença à écrire à toute berzingue sur ses notes. Pour la première fois depuis l'ouverture du procès, il s'autorisa un sourire.

Depuis sa sortie de l'EFB[88] trois ans plus tôt, Fournier n'avait été désigné que pour défendre de petites canailles sans envergure dans diverses affaires de violences qui étaient loin de faire la une des journaux.

Dans ces dossiers sans prétention, ses meilleures plaidoiries avaient consisté à mettre en avant l'irresponsabilité de ses clients, trop fous pour être jugés.

---

[88] Ecole de formation professionnelle des barreaux, où l'on apprend tout ce qu'il y a à savoir pour défendre indifféremment victimes et bourreaux, pourvu qu'ils puissent régler les honoraires d'un avocat, ou que quelqu'un (l'Etat, par exemple) puisse les régler pour eux.

Il l'avait d'ailleurs fait sans brio. Lui qui avait passé ses études à s'imaginer se battant pour protéger la veuve et l'orphelin, pour défendre des innocents sur le point d'être broyés par une machine judiciaire implacable, pour servir la noble présomption d'innocence… il s'était soudain retrouvé confronté à la triste réalité des audiences judiciaires : des querelles familiales ou de voisinage, souvent (les fruits tombés de la branche de l'arbre qui empiétait sur un terrain voisin appartiennent-ils au propriétaire de l'arbre ou au propriétaire du terrain sur lequel ils sont tombés ?). De petits dealers de drogue, au mieux (les bénéfices du revendeur de marijuana doivent-ils être imposés au titre de l'impôt sur le revenu ou de l'impôt sur les sociétés ?). Des questions existentielles, en somme. Il n'avait eu à exercer ses fonctions que pendant trois ou quatre jours – soit vingt-sept affaires – pour être définitivement blasé par ce métier qu'il avait trop rêvé.

Ce procès tombé du ciel était inespéré pour un gars comme lui. Il était parfaitement conscient du fait qu'il s'agissait probablement du plus gros enjeu de sa carrière : ce n'est pas tous les jours que l'on plaide dans une affaire suivie par la nation toute entière.

Alors il avait lu attentivement le dossier d'instruction pour préparer cette plaidoirie avec tout le sérieux qu'implique une telle médiatisation. Sans être capable d'esquisser la moindre ligne de défense. Il l'avait relu. Pièce par pièce. A l'endroit. A l'envers. Toujours sans trouver le moindre argument en faveur des prévenus. Ces derniers avaient tous reconnu les faits, sans réserve.

Ils avaient avoué, et même revendiqué, leurs délits. Ils n'étaient pas fous. Du moins, pas tous. Et puis, arguer de la folie de trente-huit individus différents sans lien entre eux en dehors des vols commis ensemble, c'était un peu tiré par les cheveux tout de même. Même pour un avocat.

C'est pourquoi ce matin-là, Fournier s'était rendu au palais de justice comme on va à l'échafaud, persuadé que sa carrière s'arrêterait avec ce jugement. Mais soudain, tout était clair. Tout était là, dans ce que venait de dire cette virulente jeune femme. Il n'y avait qu'à y mettre les formes.

Le temps que la présidente réussisse à couper définitivement la parole de Manon et à la faire se rasseoir, l'avocat commis d'office était prêt :

- Madame la Présidente, Messieurs les Juges, Mesdames et Messieurs les Jurés, les trente-huit prévenus qui comparaissent devant vous sont accusés par Monsieur l'Avocat Général de s'être rendus coupables de vol et de recel. Le vol est défini par le code pénal comme la « soustraction frauduleuse de la chose d'autrui ». Certes, aucun des prévenus ne nie, aujourd'hui, avoir dérobé diverses œuvres dans la capitale. Ni de les avoir dissimulées puis réinstallées ailleurs pour les transmettre au plus grand nombre.

Pourtant, Mesdames et Messieurs, peut-on réellement parler de vol lorsque les biens dérobés sont la propriété, finalement, de tous ? Ces tableaux, ces sculptures, ces éléments d'architecture, ces trésors de notre culture n'appartiennent-ils pas un peu à tous les êtres humains ? Ne sont-ils pas entretenus, rénovés, conservés et mis en valeur avec des impôts payés par tous les contribuables ? Ne sont-ils pas destinés à ravir les yeux de tous ? Dès lors, tout un chacun n'est-il pas un peu propriétaire de ces œuvres ?

Les personnes qui déplaceraient des œuvres d'un lieu public en France à un autre, en ne limitant jamais leur accès, en ne tirant aucun profit de ces actes, peuvent-elles être considérées comme ayant agi « frauduleusement » ? Nos déménageurs, eux-mêmes un peu propriétaires des œuvres, et qui les ont mises à disposition d'autres propriétaires, gratuitement, sans aucune mauvaise intention, sont-ils réellement des voleurs ? Tout dépend, bien sûr, de là où l'on place la propriété sur la chose publique : entre les mains de tous ou entre celles d'une petite caste privilégiée qui administre les musées et régit les espaces publics à sa guise !

L'avocat commis d'office marqua une pause pour laisser à chacun le temps d'assimiler son raisonnement. Si les juges semblaient sensibles à l'argumentaire, peut-être parce qu'ils y voyaient la possibilité d'une pirouette juridique pour dédouaner les auteurs d'une action qu'ils approuvaient à titre personnel, l'avocat général, lui, restait de marbre. Maître Alaoui se contentait d'écouter stoïquement son confrère avec une austérité qui confinait au jansénisme.

C'est à lui que s'adressa plus particulièrement l'avocat de la défense[89] lorsqu'il reprit sa plaidoirie.

- Enfin, à supposer que le tribunal retienne la qualification de vol pour ces agissements, je voudrais rappeler que le recel, quant à lui, est constitué par « le fait, en connaissance de cause, de bénéficier, par tout moyen, du produit d'un crime ou d'un délit ». J'attire donc votre attention, Monsieur l'Avocat Général, sur le point suivant : si les prévenus qui comparaissent aujourd'hui devant vous sont condamnées pour vol, vous devrez demain poursuivre pour recel toutes les personnes qui sont allées contempler le Radeau de la Méduse à Magné, le Génie de la Bastille à Spechbach, la façade de la Commedia dell' Arte à Pluduno, le portrait présumé de Julienne et Gabrielle d'Estrée à Saint-Vit… ou encore la Tour Eiffel à Aillon-le-Neuf !

Maître Fournier marqua une nouvelle pause, l'intégralité de la salle suspendue à ses lèvres. Après avoir savouré son effet, il continua, fixant toujours Maître Alaoui :

- Cela en fait, du monde. En effet, les journaux télévisés, la presse, internet, les réseaux sociaux n'ont pas manqué de relayer les exploits de ceux qu'ils ont

---

[89] Ça y est, lecteur, tu es perdu entre tous ces acteurs du théâtre judiciaire ? C'est pourtant simple, l'avocat commis d'office, aussi appelé avocat à la défense, défend les prévenus, c'est-à-dire les accusés, contre les accusations portées par le représentant de l'Etat (qu'on appelle avocat général aux assises, mais procureur dans les autres tribunaux, parce que ce serait beaucoup trop simple d'utiliser toujours la même désignation). Ici, maître Fournier est l'avocat à la défense, qui défend donc le gang, et maître Alaoui est l'avocat général, qui accuse le gang.

baptisé gang des voleurs de monuments. Il n'y a pas un café, pas un supermarché, pas un repas de famille en France où l'affaire n'ait été évoquée. Donc, tout le monde est allé voir ces œuvres en sachant pertinemment qu'elles avaient été volées. Tout le monde a bénéficié de ces œuvres « en connaissance de cause ». Car, oui, chacun en a tiré un bénéfice : une ouverture, une distraction, un savoir nouveau… Après tout, si l'on ne tirait pas de bénéfice de la culture, l'art n'existerait pas. Et, de manière beaucoup plus terre à terre, chaque personne qui est allée admirer l'une de ces œuvres dérobées aura au moins économisé un voyage à Paris pour admirer la même chose. Alors, êtes-vous prêts à considérer que la moitié de la population est coupable de recel ? Allez-vous tous les poursuivre ?

Un brouhaha sourd s'éleva du côté du public qui commençait à mesurer les conséquences du raisonnement tenu par maître Fournier, chacun donnant son avis à ce sujet. Maître Alaoui, légèrement déstabilisé pour la première fois depuis l'ouverture du procès, jeta un regard interrogateur vers les juges derrière ses lunettes bleues électrique. La présidente hésita un instant, puis leva prudemment la séance :

- Ce sera tout pour aujourd'hui, les débats reprendront demain.

Pendant que la salle d'audience se vidait lentement de ses visiteurs, l'avocat de la défense s'approcha des accusés.

- Merci, Maître, vous avez brillamment résumé notre conception de la propriété sur les monuments et œuvres publics, le complimenta Philibert.
- Pour un peu, vous me donneriez presque envie de reprendre mes études de droit, renchérit Manon.
- Tu as fait du droit, toi ? l'interrogea un Ange très étonné.
- Vaguement. Mais je n'avais pas vraiment les dispositions pour. Trop de blabla. Pas assez d'action. Les feux d'artifices, c'est plus facile et plus spectaculaire.
- Alors, vous êtes contents de mon travail ? s'enquit l'avocat qui semblait lui-même surpris du retournement de situation.
- Evidemment, répondirent en cœur les accusés.
- Ah, Maître, j'ai une question, lança Bixente, du coup, la pause méridionale, pour déjeuner, c'est avant ou après notre retour à Fleury-Mérogis ?
- Méridienne. La pause méridienne, pas méridionale, le corrigea Philibert.
- Moi, je trouve que méridional, c'est plus joli, objecta le ventre sur pattes du groupe.
- Peut-être, mais en sémantique, ce qui compte, ce n'est pas l'esthétique, c'est d'être juste, professa l'aristocrate.

- Ah, alors là, je ne suis pas d'accord, s'opposa Quentin. En art, on peut être beau sans être juste…

Sur ce, la présidente de la Cour mis fin à leurs bavardages avant qu'une nouvelle bagarre n'éclate entre eux en demandant aux policiers d'escorter les prévenus jusqu'à leurs cellules.

19.

Le lendemain, à leur arrivée devant le palais de justice, une foule encore plus compacte que la veille attendait le gang pour lui manifester son soutien. Les manifestants brandissaient des pancartes portant des inscriptions diverses :

Libération pour les voleurs de monuments

CONTEMPLEZ SANS ENTRAVES

LA CULTURE N'EST PAS L'APANAGE DES PARISIENS !

C'est la France rurale qu'on assassine !

La Joconde à Bourgoin-Jallieu !

SOUS LE FUMIER, DE L'ART

STOP AU NOMBRILISME PARISIEN

Leurs rangs étaient sillonnés par les activistes d'une toute nouvelle association, le PLATAC (la Province en Lutte contre l'Absolutisme Totalitaire Autocrate de la Capitale), qui distribuaient des tracts que leur présidente et fondatrice, Bernadette Girod, quatre-vingt-douze printemps au compteur, avait d'ores et déjà adressé à tout ce que la France comptait de représentants politiques, et dieu seul sait à quel point ils sont nombreux[90].

Le message était très clair.

Il est temps de mettre un terme au phagocytage de la province par Paris.
La France n'est grande que dans sa diversité.
Agissez pour le bien commun !
Moins de capitaux pour la capitale !
Redistribuez les richesses vers les provinces !
Cessez de négliger les charmants petits villages de France !
A défaut, le PLATAC se verra dans l'obligation d'appeler nos concitoyens à la guerre civile.

---

[90] Députés, sénateurs, conseillers régionaux, départementaux, territoriaux, communautaires, municipaux, d'arrondissement, de secteur, représentants au sein des comités de quartier, des bonnes œuvres locales, membres de toutes sortes de conseils (conseil constitutionnel, conseil économique, social et environnemental, conseil national d'évaluation des normes, conseil national de formation des élus locaux, conseil d'orientation des infrastructures, conseil national funéraire...)

Les protestataires étaient encadrés par des CRS soucieux de l'ordre public qui les repoussèrent brièvement de part et d'autre de l'escalier menant au palais de justice afin de laisser passer les membres du gang et leur propre escorte policière. Certains accusés, comme Quentin, en profitèrent pour saluer ces admirateurs inattendus tandis que d'autres, comme Ange, fixaient timidement leurs pieds en passant.

Dans la salle d'audience, maître Alaoui se tenait déjà droit comme un i derrière son pupitre, aux côtés des représentants des parties civiles. Ses yeux cernés témoignaient de la nuit de labeur qu'il venait de passer pour préparer sa plaidoirie. Il avait cependant retrouvé toute sa rigidité et aucune émotion ne transparaissait sur son visage. En face, maître Fournier, grisé par sa performance de la veille, respirait la confiance. La présidente et ses deux assesseurs entrèrent en dernier.

Lorsque chacun fut assis, elle ouvrit la séance :

- Hier, nous avons examiné les faits de vol et de recel d'objets d'art dont sont accusés les prévenus. Le mode opératoire étant détaillé dans les procès-verbaux des interrogatoires qui ont été versés au dossier et chaque partie ayant eu l'occasion de s'exprimer à ce sujet, nous ne reviendrons pas dessus. Ce jour, nous allons donc nous pencher sur le vol de plusieurs appareils militaires début octobre et sur les faux attentats qui se sont déroulés en avril. Monsieur l'Avocat Général, je vous en prie.

La voix de maître Alaoui amplifiée par son micro s'éleva dans la salle :

- Madame la Présidente, Messieurs les Juges, Mesdames et Messieurs les Jurés, je vous invite à vous intéresser à ces agissements qui sont peut-être plus graves encore que ceux évoqués hier puisqu'ils portent directement atteinte à la sûreté de l'Etat : le vol de cinq hélicoptères V37 spécialisés dans l'hélitreuillage de charges extrêmement lourdes et utilisés par les prévenus pour déplacer la tour Eiffel, le Génie de la colonne de Juillet et d'autres sculptures volumineuses dans la nuit du 13 au 14 octobre. Ces hélicoptères, véritables bijoux de technologie généralement destinés au transport massif de troupes, d'armes et de minerais, servent également lors d'expéditions scientifiques pour déplacer des pans entiers de banquise afin de préserver du réchauffement climatique les espèces qui y vivent ou qui s'y trouvent congelées en les déplaçant d'un Pôle à l'autre. Il me semble inutile de donner le prix de fabrication d'un tel appareil tant il est élevé.

Les accusés se levèrent de concert et répondirent simultanément :

- On les a rendus, vos hélicos.
- On les avait seulement empruntés !
- Et on les a même pas abîmés !
- Ils sont même plus propres qu'avant parce que Seb a passé l'aspirateur dedans avant de les rendre.
- Et puis, pour une fois qu'ils servaient vraiment à quelque chose…

- Un test en temps réel, en fait. C'est mieux que de brûler de l'essence dans le vent pour obtenir la reconduction des budgets l'année suivante, hein...
- Silence ! intima la présidente. Exprimez-vous lorsque vous y êtes invités. Et pas tous en même temps.

Maître Alaoui reprit :
- En privant notre armée de ces appareils pendant plusieurs heures, vous avez privé notre nation d'un moyen de se défendre. Que se serait-il passé si notre pays avait été attaqué à ce moment-là ? Vous ne niez pas avoir volé et utilisé ces appareils. Vous êtes donc coupables, là encore, de vol, mais également d'atteinte aux intérêts fondamentaux de la nation[91]. Pour des raisons qui m'échappent, l'armée n'a pas porté plainte.

En effet, le chef d'état-major des armées, Etienne Duvillier, n'avait pas porté plainte. Cette passivité peu coutumière de la puissance publique dans un procès d'une telle ampleur s'expliquait par le fait que le titulaire actuel de la fonction était passionné d'art moderne et

---

[91] Que le lecteur souhaitant se cultiver sur le sujet des atteintes aux intérêts fondamentaux de la nation aille feuilleter les articles 410-1 et suivants du code pénal. Il y trouvera par exemple les interdictions diverses relatives aux mouvements insurrectionnels (« *toute violence collective de nature à mettre en péril les institutions de la République ou à porter atteinte à l'intégrité du territoire national* ») et apprendra notamment qu'il encourt « *quinze ans de détention criminelle et de 225 000 euros d'amende* » s'il participe à un tel mouvement en « *édifiant des barricades, des retranchements ou en faisant tous travaux ayant pour objet d'empêcher ou d'entraver l'action de la force publique* » ou encore en « *occupant à force ouverte ou par ruse ou en détruisant tout édifice ou installation* ».

avait grandi dans l'Aisne, dans un hameau du nom de Plomion - quatre cent soixante-deux habitants - qu'il avait souvent senti défavorisé par rapport à la capitale pourtant pas si éloignée.

Duvillier s'était donc réjoui de savoir qu'un Kandinsky était désormais visible dans le petit village voisin d'Origny-en-Thiérache. Il était conscient, évidemment, du fait que ces expositions improvisées seraient temporaires. Mais il ne pouvait s'empêcher d'éprouver une grande sympathie à l'égard de leurs auteurs. Il avait par conséquent décidé, en son âme et conscience, de passer l'éponge sur l'emprunt des hélicoptères.

En outre, il fallait le reconnaître, quel toupet de dérober des appareils de cette envergure à l'armée ! Quelle dextérité pour réussir à les manier si bien sans formation ! Quelle audace de les utiliser pour déplacer la tour Eiffel au nez et à la barbe de tous les parisiens ! Et puis, après tout, moins de 24 heures après leur disparition, l'armée avait récupéré ses machines dans un champ au beau milieu de la Corrèze. En parfait état de marche. Un post-it collé sur l'un des tableaux de bord : « Merci pour votre collaboration involontaire qui a permis le succès de cette opération ».

De plus, quoi qu'en ait dit l'avocat général, ces appareils n'étaient que rarement utilisés et cet emprunt n'avait eu aucun impact sur les opérations de préservation de l'environnement, de pillage des ressources naturelles exotiques ou de transports de troupes planifiés pour l'année à venir. De manière générale, l'organisation d'une expédition impliquant l'usage d'un V37 nécessitait de compiler tant de paperasses au pays de la bureaucratie que les appareils ne quittaient leur hangar que deux à trois fois par an.

Curieux de connaître ces culottés défenseurs de l'accès de tous à l'art, le militaire le plus gradé de France avait toutefois profité de l'instruction préalable au procès pour rencontrer quelques membres du gang, privilège qui ne pouvait être refusé à son rang. Duvillier s'était contenté de leur demander de quelle manière ils avaient procédé pour voler les hélicoptères militaires. Victor, le meilleur informaticien du groupe qui avait conçu déjà la prise de contrôle de la vidéo-surveillance des rues parisiennes, l'avait invité à mieux sécuriser les hangars de stockage, trop faciles à atteindre pour quiconque disposant de compétences poussées en informatique. Le mieux, selon lui, était de revenir à une surveillance humaine, les machines et les drones étant toujours susceptibles d'être détournés par un bon hackeur. Preuve en est.

Considérant que l'armée n'avait pas subi de préjudice - les appareils ayant été rendus sans avoir souffert le moindre dommage – voire, même, qu'elle y avait gagné quelque chose puisque ce faux vol leur avait permis d'améliorer la sécurité de leurs procédures, le chef d'état-major avait décidé de fermer les yeux sur cette affaire. Au grand dam de maître Alaoui qui ne comprenait pas son raisonnement et n'avait cessé de le harceler au cours des jours ayant précédé le procès pour le faire changer d'avis.

Pendant que le premier militaire de France venu assister au procès en simple spectateur se remémorait ces détails, devant son pupitre, Maître Alaoui présentait ses réquisitions pour le vol des V37 :

- Ainsi, au nom de l'action publique, et malgré l'incompréhensible absence de plainte de l'armée, propriétaire des hélicoptères, je vous invite à prononcer les peines maximales prévues par le code pénal, à savoir cinq ans d'emprisonnement et 75 000 euros d'amende pour avoir entravé le fonctionnement normal du matériel militaire en vue de nuire à la défense nationale. Et une année d'emprisonnement et 15 000 euros d'amende pour s'être introduits frauduleusement sur un terrain et dans des engins affectés à l'autorité militaire.

Maître Fournier s'empressa de faire remarquer que ses clients n'ayant nullement eu l'intention de nuire à la défense nationale, l'article 413-2 du code pénal sur lequel s'appuyait son confrère ne pouvait pas s'appliquer. S'ensuivit une discussion juridico-centrée entre les deux avocats à laquelle seuls les plus férus des passionnés de droit auraient pu s'intéresser. En l'occurrence, si les juges y prêtaient une oreille plutôt attentive, le reste de la salle (journalistes, curieux, prévenus, jurés même) somnola rapidement, bercé par ce ronron règlementaire qui ne signifiait rien pour eux.

Au bout d'une bonne quinzaine de minutes, les deux avocats semblèrent s'accorder pour considérer qu'en l'occurrence, effectivement, l'article 413-2 ne s'appliquait pas. Maître Fournier adressa un petit signe de victoire à ses clients, qui lui répondirent mollement en sortant de leur torpeur, chacun ayant déjà oublié les peines encourues et le raisonnement initial qui avait mené à ce débat abscons. Et qui pourrait leur en vouloir ?

Maître Alaoui reprit son réquisitoire :

- Enfin, n'oublions pas que les prévenus ont avoué devant vous avoir organisé les faux attentats du mois d'avril afin de pouvoir mener leurs larcins en toute tranquillité. Attentats qui ont plongé notre pays dans la panique, mobilisé l'intégralité de nos forces de l'ordre, conduit à la fermeture temporaire de tous lieux publics de la capitale et obligé au confinement des élèves de toutes les écoles parisiennes, de la maternelle à l'université. Ai-je besoin de vous décrire l'émotion des parents dont les enfants étaient ainsi retenus loin d'eux alors qu'ils pensaient qu'une attaque de grande ampleur était menée contre notre pays ? Est-il nécessaire de détailler le coût pour le contribuable de la convocation de tous nos effectifs de police disponibles ? Dois-je m'étendre sur ce qu'ont ressenti ceux qui devaient décider de la marche à suivre face aux images, certes fausses, mais ils l'ignoraient, de prises d'otages massives dans plusieurs musées de la capitale ? Eu égard au degré de sophistication de leur fausse alerte et à ses conséquences, je vous invite, là encore, à les condamner à la plus haute peine prévue en la matière, à savoir deux ans d'emprisonnement et 30 000 euros d'amende.

Sur ce point, maître Fournier fut moins prolixe dans sa défense. Il se contenta de mettre en avant l'absence de victimes. Ses clients, comme lui, avaient bien compris qu'ils ne pouvaient remettre en cause ce chef d'accusation.

Sylvie demanda la parole, qui lui fut accordée par la présidente :

- On tient à s'excuser pour le dérangement. C'est vrai qu'on a pas trouvé d'autre solution.

Après ces excuses, les parties civiles furent appelées à la barre pour présenter leurs prétentions, c'est-à-dire pour faire part des sommes que chacune souhaitait se voir verser par les membres du gang en réparation de leurs préjudices (ces préjudices tenant au vol de biens leur appartenant, sauf pour la commune d'Aillon-le-Neuf).

Les musées, unanimement, s'entendirent finalement pour demander simplement la restitution des œuvres en bon état. Peut-être s'étaient-ils pris de compassion pour les accusés au gré des débats. A moins qu'ils n'aient été sensibles aux arguments avancés par l'avocat à la défense. En effet, maître Fournier avait pris contact avec chacun de leurs représentants pour leur rappeler que, comme les tableaux et sculptures dérobés avaient été remplacés à l'identique sans que personne ne s'en rende compte, ils n'avaient, en pratique, subi aucun préjudice : le vol des œuvres n'avait pas impacté la fréquentation normale de ces établissements. Au contraire : l'affaire leur avait fait de la publicité et il était fort probable qu'ils gagnent même quelques visiteurs dans les prochains mois. Pouvaient-ils revendiquer le statut de victime d'un crime qui ne leur avait pas fait de tort et qui allait même les enrichir ?

La ville de Paris, intimidée par les menaces à peine voilées proférées à son encontre par les militants du PLATAC qui campaient devant le palais de justice, préféra également prudemment renoncer à son action. Certains de ses élus avaient d'ailleurs été personnellement sensibilisés à la question par Bernadette Girod, la fondatrice et présidente de l'association. Peu de gens restent stoïques face aux menaces de mort proférées par une grand-mère de quatre-vingt-douze ans qui vous regarde droit dans les yeux en passant l'ongle de son pouce sur sa gorge ridée. Or, la veille au soir, madame Girod s'était justement présentée à une réunion publique à laquelle participaient la maire de Paris et un certain nombre de ses adjoints pour leur parler de ce qu'elle appelait « le poids de la province » et des « dramatiques conséquences que pourraient avoir des revendications parisiennes à l'heure où la France entière est à deux doigts de raser la capitale ». « Des conséquences pour les parisiens et les parisiennes, évidemment, avait ajouté malicieusement la grand-mère, mais aussi et surtout pour leurs représentants : tous les nobles n'ont pas été guillotinés à la Révolution. Mais le roi et la reine, si. »

La commune d'Aillon-le-Neuf, en revanche, maintint sa constitution de partie civile et sollicita l'octroi de 5 400 000 euros pour la réfection de la route principale abimée par les cars de touristes, de 3 700 euros pour les frais de vétérinaire nécessaires pour soigner les chèvres de Lucien des maux engendrés par la pollution liée à la circulation, de 1 217 euros pour les pertes de lait subies par le fermier du village en raison du stress de ses bêtes et de 400 000 euros au titre d'un forfait de nettoyage des abords du village pour tous les déchets abandonnés par les visiteurs éphémères.

Fait peu coutumier dans un procès, ce n'est pas Maître Fournier, l'avocat à la défense, qui argumenta pour diminuer ces prétentions mais la présidente de la Cour elle-même. Elle tança vertement le maire d'Aillon-le-Neuf, s'adressant directement à lui plutôt qu'à l'avocat de la commune, lui rappelant les nombreux profits réalisés par les habitants du village sur le dos des touristes, l'état déplorable de la route avant le passage des cars alors qu'il s'agit d'une obligation pour le maire d'entretenir ce réseau, et le fait qu'il avait déjà sollicité les services préfectoraux pour nettoyer le village et ses abords. Après avoir laissé échapper un discret « Qui ne tente rien, n'a rien », le maire d'Aillon-le-Neuf accepta de ramener les prétentions de son village à un euro symbolique. Après tout, un euro, c'est mieux que rien.

Les jurés se retirèrent ensuite pour délibérer. Dans la salle d'audience, la nervosité était palpable. Les journalistes retransmettaient déjà en direct les derniers rebondissements de la journée et, dehors, les collectifs de soutien aux voleurs de monuments adaptaient leurs pancartes :

FAUX ATTENTATS...
PAS PIRE QUE LES FAUSSES
PROMESSES DU GOUVERNEMENT !

Sur le banc des prévenus, les alsaciens s'interrogeaient :

- Dis, tu crois qu'on sera dehors pour la Saint Nicolas ? demanda l'une des bas-rhinoises.
- J'espère. Je ne survivrai pas sans manalas[92], lui répondit l'un des haut-rhinois.
- Maneles, le reprit la bas-rhinoise.
- Manalas, insista le haut-rhinois.
- Maneles ! le contredit à nouveau la bas-rhinoise en haussant le ton et en serrant les poings.
- Mais c'est pas vrai, vous avez déjà un patois incompréhensible pour le reste du monde et, en plus, vous êtes pas foutus de le parler de la même manière ? s'agaça l'un des savoyards.
- Il y a un dialecte alsacien par village alsacien. Et c'est très bien comme ça. Ça nous permet de vite reconnaitre les étrangers, précisa le haut-rhinois.
- Et ben, moi qui pensais que les alsaciens étaient seulement racistes à l'égard de ceux que vous

---

[92] Délicieuse petite brioche en forme de bonhomme que l'on déguste traditionnellement en Alsace et en Lorraine le 6 décembre. Il existe une divergence ancestrale sur la prononciation du suffixe permettant de qualifier de « petit » un mot entre les deux départements qui composent l'Alsace, le Bas-Rhin et le Haut-Rhin, les uns affirmant qu'il faut dire « -ele » quand les autres martèlent que la juste sonorité est « -ala ».

appelez les français de l'intérieur... Je me rends compte qu'en fait vous vous détestez aussi entre vous. Y-a des gens que vous supportez ?

Pendant ce temps, loin de plaisanter, Ange décomptait à haute voix les peines encourues :

- Du coup, si j'ai bien compris, on risque quinze années de prison et 150 000 euros d'amende pour vol, dix années et 750 000 euros pour recel d'œuvres d'art, une année et 15 000 euros pour atteinte aux intérêts fondamentaux de la nation et deux ans et 30 000 euros d'amende pour nos faux attentats. Ça fait quand même vingt-huit ans derrière les barreaux et 945 000 euros d'amende.

Dépité, le corse prit sa tête entre ses mains. Chacun médita sur ces chiffres inquiétants.

Après quelques secondes de réflexion, Fatima s'exclama :

- Et ben, les gars, je sais pas pour vous mais moi, en tout cas, j'ai pas tout cet argent et j'ai autre chose à faire de mon temps.
- Moi, je connais un gars qui peut nous faire évader, avança Bixente.

Philibert, naturellement, n'était pas favorable à l'évasion :

- Pour ce qui me concerne, je suis prêt à assumer la sentence qui sera prononcée. Le jeu en valait la chandelle et nous savions tous à quoi nous nous exposions en entreprenant ces actions. Comme le disait François 1er : « pour mon honneur et celui de ma nation, je choisirai plutôt honnête prison que honteuse fuite ».

- C'est ton nouveau meilleur ami, François 1er ? l'interrogea Manon. Ça fait deux fois que tu nous le cites en deux jours.

- Ma foi, mettant à profit les jours sombres que nous passons à l'ombre, je viens de me replonger dans quelques œuvres consacrées à ce protecteur des lettres, dont je ne peux que vous recommander la lecture. D'autant qu'il s'agit d'une des seules occupations à laquelle nous pourrons nous adonner ces prochains temps.

- Ecoute, si tu veux moisir en taule, c'est ton problème. Mais moi, c'est comme Bixente et Fatima, j'en ai pas l'intention, lui répondit Ange.

- D'un autre côté, ça ferait un peu de nous des martyrs de la cause, non ? demanda Sylvie.

- Ben moi, je ne compte pas me laisser martyriser. Je m'évaderai avec mon contact, c'est sûr, affirma Bixente. On a fait quoi, dix jours de prison ? Et quand on voit ce qui est servi comme bouffe dans les geôles de la République, c'est étonnant qu'il y en ait qui trouvent le courage de récidiver !

- Je te trouve un peu dur, là, avança Fatima. Perso, le ragoût de mouton de l'autre jour, je l'ai pas trouvé plus dégueulasse que le risotto que Nadine a essayé de nous faire en juin.

- Tu sais ce qu'il te dit, mon risotto ? s'échauffa Nadine. T'avais qu'à passer derrière les fourneaux au

moins une fois ! Tu passes plus de temps à râler sur ce que font les autres qu'à te rendre utile pour le groupe !
- T'es bien placée pour parler, toi. T'as déjà sorti les poubelles depuis qu'on se côtoie ? rétorqua Fatima.
- De toute façon, continua Nadine qui ne s'était pas interrompue, t'as pas de papilles gustatives valables, t'as dû les brûler gamine en mangeant du couscous trop épicé !

Quelques rires fusèrent parmi leurs camarades. Fatima se tourna vers les ch'tis qui la toisaient d'un air goguenard :
- C'est pas la peine de vous marrer, vous, avec votre fromage immonde, votre maroilles…
- S'entendre dire que son fromage pue par quelqu'un qui vient d'une région dont la spécialité fromagère est le munster, c'est le comble de l'ironie !
- Ben le munster sent peut-être pas très bon, mais une fois dans la bouche, il fond. Alors que votre maroilles, il pue autant dedans que dehors ! riposta Sylvie.

Comme de coutume, le ton montait. Les policiers les encadrant, habitués désormais à leurs prises de bec virulentes à tendance dégénérative, se tenaient prêts à intervenir pour les séparer s'ils en venaient aux mains. Mais le débat culinaire prit fin subitement lorsque juges et jurés réapparurent.

Une chape de plomb s'abattit instantanément sur la salle d'audience.

Le jury tendit un petit papier à la présidente qui le lut d'abord en silence en haussant les sourcils. La salle retint son souffle en attendant l'énoncé du verdict :

- La Cour déclare les accusés coupables de vol et de recel d'œuvres d'art en bande organisée et les condamne, pour ces faits, à des travaux d'intérêt général consistant à remettre lesdites œuvres en place à leurs frais. La Cour suggère néanmoins aux prévenus de se rapprocher des diverses associations de soutien qui ont fleuri un peu partout en France pour les aider dans leur tâche. Les charges pour atteinte aux intérêts fondamentaux de la nation sont abandonnées. La Cour condamne les accusés à quatre mois d'emprisonnement avec sursis pour l'organisation de faux attentats. Enfin, les accusés sont redevables solidairement de la somme d'un euro à la commune d'Aillon-le-Neuf.

Des applaudissements, d'abord timides, puis de plus en plus francs retentirent dans la salle d'audience. Cette joyeuse cohue gagna rapidement les abords du palais de justice où les divers comités de soutien patientaient fébrilement, puis, grâce au miracle de la circulation en direct de l'information, tous les téléphones et télévisions de France relayèrent la nouvelle.

Sur le banc des prévenus, le soulagement se lisait sur chaque visage et l'avocat à la défense rayonnait.

Kévin, le jurassien, que l'on n'avait pas entendu ouvrir la bouche depuis le début du procès, paraissait toutefois soucieux et semblait sidéré par l'enjouement de ses camarades. Il se tourna vers maître Fournier :

- Dite, c'est qui ce Sursis qui va aller en prison avec nous ?

19.

Dans les Bauges, Jean et Marie, rassemblés devant le téléviseur d'Amédée, saluèrent le verdict en trinquant à l'amitié qu'ils avaient liée avec Leclerc et sa famille. Ils évoquaient déjà un prochain voyage à Paris lorsque les œuvres y seraient réinstallées.

A Paris, ledit Leclerc suivait également la conclusion du procès du coin de l'œil tout en planifiant un voyage familial aux Antilles lors des vacances scolaires de février avec les profits accumulés à Aillon-le-Neuf. Il proposait justement à Solange d'inviter les trois savoyards à venir avec eux, pour les remercier de leur accueil. Ses quatre filles, surexcitées à l'idée de prendre l'avion et de voir la mer, sautaient dans tout l'appartement dans un tapage monstrueux. Des coups sourds provenant du plancher s'ajoutaient à ce tintamarre, mais la télévision était si forte et les filles si bruyantes que ni Leclerc, ni Solange, n'étaient en mesure de remarquer les efforts futiles des voisins du dessous qui cognaient désespérément leur balai au plafond pour leur intimer de cesser ce vacarme.

De son côté, le ministre de l'intérieur, seul dans son bureau, trompa sa déception avec un bon cigare. Sorbier, qui intervenait alors sur le théâtre d'un grave accident industriel, ne put s'empêcher de sourire. Même s'il en avait bavé pour les arrêter, il devait bien avouer qu'il avait pris un certain plaisir à côtoyer quelques heures ces trublions qui lui semblaient aux antipodes des vulgaires malfrats auprès desquels il intervenait habituellement.

A travers toute la France, chacun commentait la décision, évoquant un choix de bon sens pour les uns, une incitation à la délinquance pour les autres. De nombreux repas de famille, souvent arrosés, dégénérèrent le soir-même. Mais, la nuit apportant l'oubli, chacun put se concentrer dès le lendemain sur le nouveau scandale relevé dans la presse : la tentative de vente de guirlandes de Noël défectueuses par un groupe de la grande distribution qui avait volontairement saboté ses décorations dans le cadre d'une entente avec l'ordre des électriciens de France afin de provoquer des courts circuits pour favoriser leur intervention, moyennant le reversement d'une part des bénéfices ainsi générés.

Ce lendemain matin-là, justement, à Aillon-le-Neuf, à cinq heures trente du matin, Lucien sortait ses chèvres, comme tous les matins du mois de mars au mois de novembre. La brume automnale de ce lendemain de pluie, la plus tenace de toutes les brumes, opaque, épaisse et, surtout, glacée, tarderait à se dissiper. Mais il en faut plus pour décourager un montagnard. Armé de son bonnet doublé d'une écharpe plus ou moins assortie (la couleur originelle avait disparu depuis longtemps),

Lucien quitta la chaleur de son foyer pour rassembler ses bêtes.

Yvoire, son fidèle compagnon, restait collé à ses semelles, contrairement à son habitude. Depuis le retour de son maître, il préférait garder un œil sur lui pour éviter qu'il ne disparaisse à nouveau. Lucien l'avait bien compris et il gratifia rapidement son compagnon d'une gratouille rassurante. Aucune chance qu'il ne quitte à nouveau son village.

Un seul périple comme celui qu'il venait de subir, c'était amplement suffisant pour toute une vie.

Je tiens à remercier tous ceux qui ont participé de près ou de loin à la création de cette histoire, avec une pensée particulière pour mes relectrices efficaces, l'illustratrice inspirée qui a conçu et réalisé sa couverture, ma famille qui m'a laissé le temps de l'écrire et vous-même qui avez pris celui de le lire[93].

---

[93] Et qui serez indulgents quant aux éventuelles fautes de frappe, de français ou de mise en forme qui auraient échappé à la vigilance de tous ceux qui ont relu ce texte, à commencer par moi.